Mio Tennohji
Egoistic Blue
ASUKA
POUR PUBLIC AVERTI

# Egoistic Blue

## Réception



**AVERTISSEMENT**

Conformément à la loi sur la protection des mineurs, ce livre est interdit aux moins de 18 ans. Tous les personnages représentés dans les scènes d'ordre sexuel dans ce livre sont âgés de plus de 18 ans. Aucun mineur n'a été utilisé comme modèle pour la création des personnages représentés. Portez des préservatifs en toutes circonstances !


isbn : 978-2-82030-572-5

COLLECTION MAGAZINE BE×BOY

Chambre 1
Egoistic Blue

Egoistic Blue

DIS, TU ES AU COURANT ?
À PARTIR DE DEMAIN, UN CLIENT VA S'INSTALLER DANS LA SUITE IMPÉRIALE POUR UN LONG SÉJOUR.
AH, C'EST CE FAMEUX MILLIARDAIRE GREC ?
Il tient un hôtel à Las Vegas.
OUI !
HARRY CHRISTOPHOROS !
?
EN FAIT, GARDE ÇA POUR TOI, MAIS...
PST PST
Quoi ?!
IL VIENT POUR S'EMPARER DE L'HÔTEL ?!
CLAC
Idiot, tu parles trop fort !

Ah...
MONSIEUR LE MANAGER !
HÉ, VOUS, LÀ...
MÊME EN CACHETTE ...
VOUS NE DEVEZ PAS COLPORTER DES RUMEURS SUR NOS CLIENTS.
RETOURNEZ VITE À VOS POSTES !
AH LÀ LÀ LÀ ...
APRÈS TOUT, NAKURA ...
JE COMPRENDS CE QU'ILS RESSENTENT.
MONSIEUR LE GÉRANT.
IL S'AGIT TOUT DE MÊME DU FILS DE LA FAMILLE CHRIS-TOPHOROS.

CELUI QUE NOUS ACCUEILLERONS EST LE TROISIÈME FILS, M. HARRY.
LES CHRISTOPHOROS SONT TRÈS RÉPUTÉS EN GRÈCE.
CE SONT DES MILLIARDAIRES QUI ONT DE PUISSANTES CONNEXIONS DANS LE MONDE DE LA POLITIQUE ET DES FINANCES DE TOUS LES PAYS, ET CE, DEPUIS L'ANCIENNE ÉPOQUE DES ROIS DU COMMERCE MARITIME.
IL FAIT PARTIE DES HOMMES D'AFFAIRES QUI GÈRENT DES HÔTELS DE RENOM.
IL EST DONC NORMAL QUE LES EMPLOYÉS S'AGITENT.
DE CE FAIT, IL N'Y A RIEN D'ÉTONNANT À CE QU'IL Y AIT TOUTES CES RUMEURS ...
JE NE PENSE PAS QU'UN HOMME AUSSI CÉLÈBRE QUE LUI VIENNE TOUT SEUL SANS RAISON SÉJOURNER PENDANT UNE LONGUE DURÉE ...
MAIS QUELLE EST LA VÉRITABLE RAISON DE LA VENUE DE CE M. HARRY AU JAPON ?

BON...
SI TU AS COMPRIS, ÇA ME SOULAGE D'UN POIDS.
"D'UN" ?
COMMENT ÇA ?
EN FAIT, M. HARRY A DEMANDÉ À CE QUE TU SOIS SON CONCIERGE PERSONNEL.
POURQUOI M. HARRY M'A-T'IL DÉSIGNÉ MOI ?
JE LUI AI EXPLIQUÉ QUE TU N'ÉTAIS PAS CONCIERGE, MAIS...
JE SUIS NAVRÉ, TU VAS DEVOIR T'OCCUPER DE ÇA EN PLUS DE L'ACCUEIL.
JE VAIS DEMANDER À SATOÏ DE T'AIDER. JE COMPTE SUR TOI.
BIEN... J'AI COMPRIS.
JE NE SAIS PAS POURQUOI, MAIS J'AI UN MAUVAIS PRESSENTIMENT...

QU'EST-CE QU'IL PEUT BIEN AVOIR DERRIÈRE LA TÊTE ...
CE HARRY CHRISTO-PHOROS ?!
MONSIEUR HARRY…
AUJOURD'HUI, VOUS AVEZ UN RENDEZ-VOUS AVEC LE DÉPUTÉ IWASAKI.
ANNULE-LE.
JE VAIS DIRECTEMENT À L'HÔTEL.
BIEN, MONSIEUR.
CARL…
POURSUIS LES RECHERCHES.

"RACHEL EST ALLÉE AU JAPON POUR ÉPOUSER UN JAPONAIS QU'ELLE AVAIT RENCONTRÉ DURANT SES ÉTUDES LÀ-BAS."
ELLE A CHANGÉ SON NOM EN REIKO NAKURA.
MAIS MALHEU-REUSEMENT ELLE EST DÉJÀ ...
...
NAKURA ?
...
JE VOIS, ELLE A FINI AVEC NAKURA ...
HARRY ...
PENSES-TU QUE JE SUIS STUPIDE ...
DE TE CONFIER À L'HEURE QU'IL EST UNE TELLE TÂCHE À TOI, MON PETIT-FILS ?

NON.
JE PARS POUR LE JAPON DEMAIN...
JE VOUS RESPECTERAI TOUJOURS, GRAND-PÈRE.
DE MA PROPRE VOLONTÉ.
C'EST ICI, L'HÔTEL OÙ SE TROUVE LA PETITE-FILLE DE RACHEL ?
J'ENTENDS L'HISTOIRE DE CETTE RACHEL DEPUIS QUE JE SUIS PETIT.
ILS ONT ÉTÉ SÉPARÉS À CAUSE D'UN MARIAGE POLITIQUE...
MAIS C'EST LA FEMME QUE GRAND-PÈRE A LE PLUS AIMÉE.

LAQUELLE EST-CE ?
Suivez-moi, je vous prie.
"C'EST MON PREMIER AMOUR."
CELLE-LÀ ?
Compris.
QUI QUE CE SOIT, ELLE SERA À MOI.
?
PSST
PSST
Regarde, cet homme ...

QU'ÊTES-VOUS EN TRAIN DE FAIRE ?
VOUS ÊTES DEVANT LES CLIENTS.
MONSIEUR NAKURA.
CE N'EST PAS ÇA. CE CLIENT NE CESSE DE REGARDER DANS NOTRE DIRECTION.
...
IL N'A PAS L'AIR D'ÊTRE UN RÉSIDENT DE L'HÔTEL ...
HMMM
D'ACCORD.
JE VAIS ALLER VOIR. S'IL SE PASSE QUOI QUE CE SOIT, PRÉVENEZ LA SÉCURITÉ.
Faites attention, Monsieur.

AUCUNE FILLE NE SE DÉTACHE DU LOT.
Elles ont toutes la même tête.
!
RA...
RACHEL ?
CLANG
GRIP
PAPA !

HEIN ?
TU...
TU N'ES PAS... MON PAPA...
ARGH!
BOUH...
J'ai comme un mauvais pressentiment...
BRR
BRR
OÙ EST MON PAPA ?!
Ouin !!
QU'EST-CE QUI T'ARRIVE ?
ET MA MAMAN ?
TU AS PERDU TES PARENTS ?

TAP
C'EST TERRIBLE ! SI ON N'ARRIVE PAS À LE CALMER…
MONSIEUR !
!
HOP !
HÉ, LÀ !
UN GARÇON NE DOIT PAS PLEURER EN PUBLIC !
IL A LES YEUX D'UN BLEU ORIENTAL SI BEAU.
ON A LE DROIT DE PLEURER QUE QUAND ON A PERDU UN ÊTRE CHER OU QUAND ON S'EST FAIT LARGUER PAR UNE FILLE.
IL A CESSÉ DE PLEURER D'UN COUP.
UN BLEU QUI SEMBLE ME SUBMERGER COMPLÈTEMENT…

AH !
C'EST TOI, SON PÈRE ?
JE SUIS DÉSOLÉ !
JE VAIS LANCER UNE ANNONCE TOUT DE SUITE !
QU'EST-CE QUI M'ARRIVE ?
QUELLE NÉGLIGENCE !
BLUUSH
JE ME METS À RÊVASSER EN PLEIN TRAVAIL !
...
J'AI CRU VOIR LE DOUBLE DE RACHEL PENDANT UN INSTANT.

JEREMY !
ÇA DOIT ÊTRE MON IMAGINATION QUI ME JOUE DES TOURS.
PAPA !
VEUILLEZ M'EXCUSER POUR MON FILS...
PAS DE PROBLÈME. C'EST BIEN QUE VOUS L'AYEZ RETROUVÉ TOUT DE SUITE.
EUH...
AAH...
JE SUIS SOULAGÉ. SON PÈRE N'ÉTAIT DONC PAS TRÈS LOIN.
JE SUIS DÉSOLÉ QUE VOUS AYEZ DÛ GÉRER CETTE AFFAIRE ALORS QU'IL EN EST DE NOTRE RESPONSABILITÉ...
JE VOUS REMERCIE, MONSIEUR.

NAKURA ?
OUI ?
FRONT MANAGER
NAKURA
NON, JE N'AI PAS FAIT GRAND-CHOSE.
IL PENSE BIEN COMME UN JAPONAIS, LUI…
!
TU ES…
CHIAKI NAKURA ?

C'EST LUI, LE DESCENDANT DE RACHEL ?!
?
FRONT MANAGER NAKURA
OUI, J'EN SUIS SÛR.
IL N'Y A AUCUN DOUTE SUR LE FAIT QU'IL S'AGISSE DE CHIAKI NAKURA.
CHIAKI N'EST PAS UN PRÉNOM DE FEMME ?
IL SEMBLERAIT QUE CE NE SOIT PAS FORCÉMENT LE CAS, ICI.

HAA..
TAC
ÇA PRÊTE À CONFUSION !
QU'ALLEZ-VOUS FAIRE ?
INTERROMPRE LES RECHERCHES ?
NON.
CONTINUE.
PRÉVIENS-MOI DÈS QUE TU TROUVES QUELQUE CHOSE.
BIEN.
IL N'ÉTAI PAS PRÉV QUE CHIA NAKURA S UN HOMM
POURTANT, JE N'AI ÉTRANGEMENT PAS ENVIE D'ABANDONNER.
MÊME SI C'EST UN HOMME ...
DING DONG
ENTREZ !

EXCUSEZ-MOI…
MONSIEUR CHRISTOPHOROS.
JE VOUS REMERCIE SINCÈREMENT D'AVOIR CHOISI NOTRE HÔTEL.
JE SUIS LA PERSONNE CHARGÉE DE VOUS SERVIR À PARTIR D'AUJOURD'HUI. JE M'APPELLE NAKURA.
POUR HIER, JE TENAIS ENCORE À VOUS…
TRÊVE DE POLITESSE.
!
TU PEUX PARLER EN JAPONAIS SI TU VEUX.
JE NE PEUX PAS …
"HARRY" SUFFIRA.
ET JE N'AIME PAS QU'ON M'APPELLE PAR MON NOM DE FAMILLE.
J'AI SOMMEIL À CAUSE DU DÉCALAGE HORAIRE.
SI TU AS FINI, SORS D'ICI.

À MOINS QUE LES CONCIERGES DE CET HÔTEL N'AILLENT JUSQU'À DORMIR AVEC LEUR CLIENT ?
BLUSH
J'AI TERMINÉ. VEUILLEZ M'EXCUSER.
VLAM
!
QUELLE PERSONNE HORRIBLE !
IL SE MOQUE DU PERSONNEL D'HÔTEL !

TAP
TAP
LA RUMEUR DISAIT VRAI. PAS ÉTONNANT QU'IL SOIT DÉTESTÉ DE TOUS, S'IL SE COMPORTE COMME ÇA !
IL EST TOTALEMENT DIFFÉRENT DE L'HOMME QUE J'AI VU HIER.
IL A POURTANT MONTRÉ UN SOURIRE SI MAGNIFIQUE À CET ENFANT.
MAGNIFIQUE ?
OH !
MAIS D'ABORD, POURQUOI M'A-T-IL CHOISI MOI, TOUT SPÉCIALEMENT ?

...
HAA
JE DÉTESTE QU'ON ME RÉVEILLE PAR TÉLÉPHONE OU PAR INTERPHONE, C'EST DÉSAGRÉABLE.
À PARTIR DE DEMAIN, TU VIENDRAS DIRECTEMENT ME RÉVEILLER.
Frappe avant d'entrer.
ET PRÉPARE QUELQUES REVUES ÉCONOMIQUES.
QUATRE JOURNAUX AMÉRICAINS, UN INDIEN, UN CHINOIS ET UN ANGLAIS AUSSI.

JE VOUS PRÉPARE CELA TOUT DE SUITE.
HÉ HÉ...
TOUT DE SUITE, MONSIEUR ...
Et...
AVANT ÇA ...
JE VOUDRAIS UN BON CAFÉ FRAÎCHEMENT MOULU.
QUEL HOMME ARROGANT !
JE NE SUIS PAS SON DOMESTIQUE !
GRR
GRR
GRR

GRMBL
GRMBL
CLING
TES CHEVEUX ...
TU LES TEINS EN NOIR ?
EFFECTIVEMENT, VOUS AVEZ L'ŒIL.
JE L'AI COMPRIS À LEURS REFLETS SOUS LA LUMIÈRE DU SOLEIL.
EN RÉALITÉ, MA GRAND-MÈRE EST ANGLAISE.
JE POSSÈDE PROBABLEMENT UN GÈNE QUI FAIT QUE JE SUIS PRESQUE BLOND.
MAIS CELA ME CAUSE DES DÉSAGRÉMENTS, ALORS ...

QUEL GÂCHIS …
MONSIEUR ?
BOBOM
HEIN ?!
JE T'AI DIT DE M'APPELER HARRY, NON ?
JE SUIS SÛR QUE TA COULEUR NATURELLE TE SIED À RAVIR.
C'EST DOMMAGE DE LA CACHER EXPRÈS …
MAIS …

CES YEUX
...
TAIS-TOI
...
AH...
QUAND CES YEUX SONT FIXÉS SUR MOI, MON CORPS NE RÉPOND PLUS DE RIEN.

HUM ...
MH ...
GRIP
POURQUOI ?
CHIAKI ...
HAA..
AH ...
MONSIEUR HARRY, EXCUSEZ-MOI.
CLAC

!
OUPS...
BON...
JE VOUS APPORTE LES JOURNAUX TOUT À L'HEURE !
SUISH
HÉ !
SI VOUS VOULEZ BIEN M'EXCUSER !
VLAM
VOUS AURAIS-JE...
DÉRANGÉ ?
T'OCCUPE...
QU'EST-CE QUE TU VEUX ?
J'ai peur.
TENEZ.

LES RECHERCHES SONT COMPLÈTEMENT TERMINÉES.
TING
QU'EST-CE QUI M'A PRIS ?
FAIRE ÇA AVEC UN CLIENT ...
CHIAKI ...

ON AURAIT DIT QUE…
GWIP
MONSIEUR HARRY…
Mme HOLLAND, QUI EST EN ROUTE POUR LE JAPON, A TÉLÉPHONÉ POUR VOUS CONVIER À DÎNER.
LA PRÉSIDENTE…
JE NE PEUX PAS DÉCLINER UNE INVITATION DE LA PRÉSIDENTE, MAIS ÇA TOMBE MAL AUJOURD'HUI.

REPORTE ÇA À UN AUTRE JOUR. DIS-LUI QUE C'EST MOI QUI L'INVITERAI.
COMPRIS.
JE VAIS LUI TRANSMETTRE.
IL EST DE TRÈS BONNE HUMEUR.
ET ENSUITE…
EST-CE QUE TU POURRAIS ALLER M'ACHETER UNE CRAVATE QUI VA AVEC CE COSTUME ?
Oui, c'est noté…
QU'EST-CE QU'IL A ?
HAAAAA…
HAA…
M. NAKURA NE FAIT QUE SOUPIRER, NON ?
EN CE MOMENT, IL A L'AIR BIZARRE.
EN PLUS, IL A REÇU CE BOUQUET DE FLEURS.
CHER CHIAKI.

I induce you to a meal in what want to
the apology of the other day tonight
Come to the top floor lounge
at 8:00 p.m.
"AFIN DE M'EXCUSER POUR L'AUTRE JOUR, JE T'INVITE À DÎNER CE SOIR. RENDEZ-VOUS À 20H AU SALON DU DERNIER ÉTAGE."
...
S'EXCUSER ?
DE QUOI ?
DE M'AVOIR EMBRASSÉ ?
OU ALORS...
QUE SE SERAIT-IL PASSÉ SI PERSONNE N'ÉTAIT INTERVENU ?
QUE DOIS-JE FAIRE S'IL RECOMMENCE ?

CE N'EST VRAIMENT PAS POSSIBLE !
TOC TOC
TOC TOC
IL FAUT QUE JE REFUSE CLAIREMENT ET QUE JE ME CONSACRE À MON TRAVAIL.
JE NE DOIS PAS MÉLANGER VIE PRIVÉE ET VIE PROFESSIONNELLE.
HEIN ?
AH...
IL EST DANS SA CHAMBRE ?
Ναι
Συναισθήματα
Αλλαγή
IL A L'AIR D'ÊTRE AU TÉLÉPHONE. JE VAIS L'ATTENDRE ICI.
C'EST... MA PHOTO ?
CHIAKI NAKURA

FICHE DE RENSEIGNEMENTS CONCERNANT CHIAKI NAKURA.
CHIAKI NAKURA 29 ANS
TÔKYÔ-TO, SETAGAYA-KU
!
AH!
JE NE T'AVAIS PAS DONNÉ RENDEZ-VOUS À 20H AU SALON ?
CHIAKI.
POURQUOI AVEZ-VOUS FAIT DES RECHERCHES SUR MOI ?
POURQUOI AVEZ-VOUS ...
C'EST PARCE QUE J'AVAIS BESOIN DE SAVOIR ...

SI TU ÉTAIS BIEN LE PETIT-FILS DE REIKO NAKURA ...
RACHEL ...
HEIN ?!
AUTREFOIS, MON GRAND-PÈRE ET TA GRAND-MÈRE ÉTAIENT AMOUREUX.
ILS AVAIENT DÉCIDÉ DE SE MARIER, MAIS UN MARIAGE POLITIQUE LES EN A EMPÊCHÉS. ÇA A MARQUÉ LA FIN DE LEUR HISTOIRE.
ET MAINTENANT, MON GRAND-PÈRE SOUHAITE QUE JE ME MARIE AVEC LA DESCENDANCE DE RACHEL.
C'EST ABSURDE !
C'EST POURTANT LA VOLONTÉ DU PATRIARCHE DES CHRISTOPHOROS.

JE NE M'ATTENDAIS PAS NON PLUS À CE QUE TU SOIS UN HOMME...
!
MAIS BON, ÇA NE DEVRAIT PAS POSER DE PROBLÈME, N'EST-CE PAS ?
APRÈS TOUT, TU N'AIMES QUE LES HOMMES.
COMMENT SAVEZ-VOUS...
NOUS N'AVONS ENQUÊTÉ QUE SUR TES FRÉQUENTATIONS ET TON PASSÉ RELATIONNEL.
APPAREMMENT, TU N'ES SORTI AVEC PERSONNE DEPUIS TA RUPTURE, IL Y A DEUX ANS.
C'EST POUR ÇA QUE TU N'AS PAS REFUSÉ MON BAISER ?
C'EST FAUX ! CE N'EST PAS...

!
C'EST POUR ÇA QUE TU M'AS ACCEPTÉ ?
...
BOBOM
JE NE PEUX PAS NIER.
J'AI TORT ?
JE...
JE NE SAIS PAS ...
C'EST UN MENSONGE, EN VÉRITÉ, IL A RAISON ...
GLOUPS
ALORS, TU PERMETS QUE JE VÉRIFIE ENCORE UNE FOIS ?

JE SUIS ATTIRÉ PAR CET HOMME.
HUM ...
SLUP
SLUP
HUM ...
BOUM
HA...
HARRY ...
AH ...

AH ...
GLOUPS
JE VEUX QUE TU SOIS À MOI ...
CHIAKI.
EN ÉTANT AVEC MOI ...
TU OBTIENDRAS PLUS DE RICHESSES ET DE RENOMMÉE QUE TU NE POURRAIS ESPÉRER EN AVOIR DANS TOUTE TA VIE.
TOUT CE QUI APPARTIENT AUX CHRISTOPHOROS T'APPARTIENDRA.

AH ...
"J'AVAIS BESOIN DE SAVOIR SI TU ÉTAIS BIEN LE PETIT-FILS DE RACHEL."
"C'EST POURTANT LA VOLONTÉ DU PATRIARCHE DES CHRISTOPHO-ROS."
BAM
!
CHIAKI ?
AH!
EUH ...
GRIP
ATTENDS, CHIAKI !
DASH
DÉSOLÉ ...

GLOUPS
CE N'EST PAS MOI QU'IL DÉSIRE.
POUR QUI IL SE PREND ?
C'EST LA DESCEN-DANCE DE MA GRAND-MÈRE.
IL N'A BESOIN DE MOI QUE POUR SES HISTOIRES DE FAMILLE ...

HOU...
AH... MES LUNETTES ...
ET NON PAS PARCE QU'IL M'AIME.
J'AURAIS PRÉFÉRÉ NE PAS ME RENDRE COMPTE...
...
SSSSH
DE MES SENTIMENTS ...
TAC
...
TOC
TOC
!
EXCUSEZ-MOI.

CHIAKI !
À PROPOS D'HIER…
BONJOUR.
MONSIEUR CHRISTOPHOROS.
HYUP
Vous êtes réveillé ?
AUJOURD'HUI, M. NAKURA EST ABSENT POUR CAUSE DE MALADIE. C'EST MOI QUI LE REMPLACE…
…HORS.
VLAN
DE-HORS !
HIIII !
JE VOUS PRIE DE M'EXCUSER !
BOUM
…

ARGH ...
POURQUOI ?
QU'EST-CE QUI NE LUI PLAÎT PAS ?
PERSONNE NE M'AVAIT JAMAIS REJETÉ COMME ÇA.
SLAM
ALORS POURQUOI ?
HARRY...
JE SUIS CERTAIN QUE CES YEUX NE DEMANDAIENT QUE MOI.
CARL ! FAIS PRÉPARER UNE VOITURE !

DIS-MOI CE QUE TU AS SUR LE CŒUR, CHIAKI !
HAA...
POC
J'AI SIMULÉ UNE MALADIE POUR LA PREMIÈRE FOIS DE MA VIE ...
ROLL
SI JE VAIS AU TRAVAIL, JE VAIS DEVOIR VOIR HARRY ...
ET ÇA ME FAIT PEUR ...

CES YEUX BLEU ORIENTAL ...
QUAND ILS ME FIXENT, TOUT MON CORPS SE PARALYSE.
COMME SI JE ME NOYAIS DANS UNE MER PROFONDE.
MÊME S'IL NE M'AIME PAS ...
...
GWIP
S'IL ME TOUCHAIT ENCORE UNE FOIS ...
DING
DONG
JE SERAIS SÛREMENT ...

OUI ...
CLAC
AH!
ON M'A DIT QUE TU ÉTAIS MALADE, MAIS TU AS L'AIR EN PLEINE FORME ...
CHIAKI.
HARRY ...
POURQUOI ...
POURQUOI ?
C'EST PLUTÔT À MOI DE TE DEMANDER ÇA.

KKH ...
TU VOULAIS QUE JE TE PRENNE DANS MES BRAS, HIER.
GLOUPS
ALORS POURQUOI TU ME REJETTES ?
QU'EST-CE QUI NE TE PLAÎT PAS CHEZ MOI ?
POURQUOI TU ME FUIS ?
IL EST HORRIBLE...
ME FAIRE Ç
ALORS QU'I
NE M'AIME
PAS...
TU ME VEUX JUSTE PARCE QUE JE SUIS LE PETIT-FILS DE MA GRAND-MÈRE.
JE REFUSE D'ÊTRE TOUCHÉ PAR QUELQU'UN COMME TOI ...
S'IL TE PLAÎT.

GRIP
GRAB
ÉCOUTE-MOI, CHIAKI !
NE T'IMMISCE PAS PLUS EN MOI.
JE SUIS EFFECTIVEMENT VENU AU JAPON À LA POURSUITE DE L'OMBRE DE RACHEL.
C'ÉTAIT LE SOUHAIT DE MON GRAND-PÈRE ET MA VOLONTÉ.
MAIS C'EST DEVENU BIEN PLUS QUE ÇA APRÈS T'AVOIR RENCONTRÉ.

ET À CHAQUE FOIS QUE JE TE TOUCHE, JE NE PEUX M'EMPÊCHER DE TE DÉSIRER.
À CHAQUE FOIS QUE TES EXPRESSIONS CHANGENT, J'AI ENVIE DE TE TOUCHER.
CE N'EST PAS PARCE QUE TU ES LE PETIT-FILS DE RACHEL.
QU'EST-CE QUE JE DOIS FAIRE POUR QUE TU SOIS À MES CÔTÉS ?
Λάτρεις.
MON AMOUR.
C'EST TOI QUE JE VEUX.
RIEN ...

TU N'AS RIEN À FAIRE.
JE N'AI ENVIE QUE DE TOI.
DSHAAA
HUM ...
DSHAAA
AH ...
CHIAKI... JE T'AIME.
JE VEUX VITE ENTRER EN TOI.
FOUICH
SLURP
AH... Pas encore ...

GLOUPS
...
AH ...
POUCH
Merde...
HAA..
C'EST SERRÉ ...
HAA..
GW
HU... HUMM !
FLOTCH
C'EST DOULOU-REUX ?
DÉSOLÉ, MAIS JE NE PEUX PLUS ATTENDRE QUE TU SOIS PRÊT.

PAF !
AH !
PAF ! FLOTCH
FLOTCH
FLOTCH
AA... AAAH !
HAN.
HARRY ...
HAN.
HUM ...
Σας α γ α πώ.
JE T'AIME...
CHIAKI...
PUIS, J'AI SOMBRÉ PROFONDÉMENT DANS CE BLEU ...

Chambre 2
Egoistic Blue

Egoistic Blue

CHIAKI.
HMM ?
ÇA ME CHATOUILLE …
HUM…
BONJOUR …
MON CHÉRI.
TU AS BIEN DORMI ?
!

J'AI BEAU LE VOIR SOUVENT, JE NE M'Y FAIS TOUJOURS PAS.
-Il m'éblouit...
OUAAAAH !
BON...
BONJOUR !
DEPUIS QUAND ES-TU RÉVEILLÉ ?
TU NE DORS PAS BEAUCOUP.
DEPUIS SEULEMENT QUELQUES MINUTES.
TU ES SEXY QUAND TU DORS.
SMACK
DEPUIS QUE J'AI OUVERT LES YEUX, JE N'ARRÊTE PAS DE PENSER À DES CHOSES OBSCÈNES.
COMMENT PEUT-IL DIRE DES CHOSES SI GÊNANTES AVEC TANT D'APLOMB ?
RIEN À VOIR AVEC L'HOMME ARROGANT QUE J'AI RENCONTRÉ AU DÉBUT.
SMACK
SMACK

JE VAIS NOUS PRÉPARER DU CAFÉ.
COMBLÉ
J'ai chaud...
PFIOU
JE...
JE TROUVE ÇA TROP CORSÉ, DÈS LE MATIN.
IL EST SI CÉLÈBRE QUE PERSONNE DANS LE MONDE N'IGNORE SON NOM.
HARRY CHRISTO-PHOROS...
JAMAIS JE N'AURAIS PU IMAGINER QU'UN SIMPLE EMPLOYÉ D'HÔTEL COMME MOI PUISSE LIER DES RAPPORTS...
AVEC CET HOMME QUI APPARTENAIT À UN MONDE TOTALEMENT DIFFÉRENT DU MIEN IL Y A QUELQUES JOURS...

"C'EST TOI QUE JE VEUX.
QU'EST-CE QUE JE DOIS FAIRE POUR QUE TU SOIS À MES CÔTÉS ?"
DEPUIS CE JOUR, IL N'ARRÊTE PAS DE ME SUSURRER DES MOTS D'AMOUR ...
ET JE SUIS DEVENU COMPLÈTEMENT FOU DE LUI ...
AU POINT QUE MON CORPS SE SOUVIENT DE SES FORMES.
C'EST COMME SI JE NAGEAIS ENCORE EN PLEIN RÊVE ...
JE N'ARRIVE PAS À CROIRE QU'IL M'AIME.
TU ES TOUJOURS COMME ÇA ?
?
COMMENT ÇA ?

JE VEUX DIRE ...
JE ME DEMANDAIS SI TU TE COMPORTAIS TOUJOURS COMME ÇA AVEC TES PETITES AMIES.
...
JE NE SAIS PAS.
HEIN ?
POSÉ
JUSQU'À MAINTENANT ...
JE N'ÉTAIS JAMAIS RESTÉ AVEC QUELQU'UN JUSQU'AU MATIN.

ÇA VEUT DIRE QUE ...
BLUSH
カァァッ
QU'EST-CE QU'IL Y A ?
JE SUIS TROP GÊNÉ, JE NE VEUX PAS QU'IL ME VOIE COMME ÇA.
RIEN, EUH ...
JE DOIS RETOURNER AU TRAV...
GLOUPS
CHIAKI, TU ES TROP SÉRIEUX.
TU PEUX QUAND MÊME JOUIR DES PLAISIRS MATINAUX DE TEMPS EN TEMPS, NON ?
AH ...
GWI
JE TE DIS QUE NON... JE DOIS...
FROU
AH ...

HAA
POUTCH
C'EST BON ...
J'ARRÊTE TOUT DE SUITE.
POUTCH
MEN... TEUR...
AH ...
HIC
HAA
TU DIS ÇA, MAIS... TU N'AS PAS L'INTENTION D'ARRÊ...
TER...
FROTT
C'EST BIEN TOI, POURTANT, QUI ME DIS QUE TU EN VEUX ENCORE ...
EN APPUYANT AVEC INSISTANCE TES HANCHES CONTRE LES MIENNES, NON ?
CE N'EST PAS...
FRR
FRR
NON ?
Vraiment ?
NON !
FRR
AH !
BRR
HAA
AH ...
HAA

VRAIMENT...
TU ES... MÉCHANT...
HUM...
J'AI VRAIMENT L'IMPRESSION DE RÊVER.
AUJOURD'HUI, NOUS ACCUEILLONS DEUX CÉRÉMONIES DE MARIAGE. IL EST DONC POSSIBLE QU'IL Y AIT FOULE DANS LE HALL.
AH GAH GAH GAH GAH
OUAH,
LES CLIENTS SOUHAITANT RESTER POUR LA NUIT SONT NOMBREUX. VOUS DEVREZ DONC VEILLER AVEC LE PLUS GRAND SOIN QUE ÇA NE DEVIENNE PAS LA PAGAILLE.
M. NAKURA EST ENCORE PLUS SEXY QUE D'HABITUDE !
FFF...

JE ME SENS MAL DE NE PAS ÊTRE RENTRÉ CHEZ MOI CES DERNIERS JOURS.
MÊME SI ON NE PEUT SE VOIR QUE LA NUIT ...
HAA
FINALEMENT, JE SUIS ARRIVÉ UN PEU EN RETARD POUR LE BRIEF.
EST-CE QUE J'Y SUIS RETOURNÉ AVANT-HIER POUR RÉCUPÉRER DES AFFAIRES ?
UN.
DEUX.
...
MOI, LE CHEF RÉCEPTIONNISTE, JE DONNE LE MAUVAIS EXEMPLE...
Ah... Le manager est plongé dans ses pensées ...
Hé ho, toi...
HAA
HAA
BRR
BRR
Voici les journaux.
Merci !
JE ME DEMANDE COMMENT LE VIT HARRY.
IL A L'AIR D'ÊTRE SOUVENT AU TÉLÉPHONE POUR SES NÉGOCIATIONS, MÊME APRÈS QUE JE M'ENDORS.

PEUT-ÊTRE QUE JE LE DÉRANGE ?
MONSIEUR CARL...
BONJOUR !
BONJOUR, MONSIEUR CHIAKI.
IL FAIT BEAU AUJOURD'HUI, N'EST-CE PAS ?
OUI, C'EST VRAI.
SON SECRÉTAIRE, CARL...
EST LA SEULE PERSONNE QUI EST AU COURANT DE NOTRE RELATION.
Il nous a surpris en train de faire des choses...
EN FAIT, JE NE SUIS PAS TRÈS À L'AISE AVEC LUI.

IL EST UN PEU DIFFICILE À APPROCHER…
APRÈS TOUT …
IL NE VA CERTAINEMENT PAS APPRÉCIER L'HOMME QUI FRÉQUENTE SON PATRON.
J'AI L'IMPRESSION D'ÊTRE LÉGÈREMENT REJETÉ.
BON, JE VAIS ALLER REMETTRE CES PROSPECTUS ADRESSÉS À M. CHRISTOPHOROS …
AINSI QUE CES JOURNAUX.
DANS CE CAS, CONFIEZ-LES-MOI.
Hein…
MAIS …
"COMPRIS ?
APPORTE-MOI TOI-MÊME LES JOURNAUX, CHIAKI…"
…
QUE FAIRE ?
…

!
IL SERAIT PRÉFÉRABLE QUE VOUS N'ENTRIEZ PAS ...
M. HARRY EST AU BEAU MILIEU D'UNE NÉGOCIATION COMMERCIALE.
JE VOIS...
TRÈS BIEN ...
DANS CE CAS, JE M'EN REMETS À VOUS.
TENEZ.
S'IL EST EN PLEIN TRAVAIL, JE NE PEUX RIEN Y FAIRE.
SI VOUS AVEZ BESOIN DE QUOI QUE CE SOIT, N'HÉSITEZ PAS À M'APPELER.
IL EST PRÉFÉRABLE D'INSTAURER DES LIMITES ...
AFIN DE NE PAS CONFONDRE VIE PRI-VÉE ET VIE PUBLIQUE.
JE VOUS REMERCIE ...

!
MAIS JE SUPPOSE QUE VOUS DEVEZ AVOIR BEAUCOUP D'AUTRES CHOSES À FAIRE.
C'EST MON TRAVAIL DE M'OCCUPER DE M. HARRY ...
C'EST TOUT À FAIT NORMAL QUE JE LUI SOIS DÉSAGRÉABLE, MAIS...
PIC
ALORS NE VOUS DÉRANGEZ PAS.
AH BON ...
GLOUPS
BIEN, JE RETOURNE À MON TRAVAIL.
JE VOUS REMERCIE DE VOTRE CONSIDÉRATION.
JE VOUS SOUHAITE UNE BONNE JOURNÉE.
ALLEZ DONC RACONTER ÇA À CELUI QUI M'A DÉSIGNÉ !
JE NE PEUX RIEN DIRE ...
LE CŒUR NE SEMBLE PAS Y ÊTRE ...
SI VOUS VOULEZ BIEN M'EXCUSER.

BAM
ÇA SUFFIT !
CETTE DISCUSSION NE MÈNE À RIEN !
BIP
FRANCHEMENT !
C'EST ABSURDE ! MON ABRUTI DE FRÈRE ...
NE FAIT QUE M'ORDONNER DE LUI FINANCER SON AFFAIRE ! IL ABUSE !
...
IL ME MET VRAIMENT MAL À L'AISE.

VOUS ÊTES DUR AVEC VOTRE FRÈRE. VOUS PARTAGEZ POURTANT LE MÊME SANG.
CE N'EST QUE DANS CE GENRE DE MOMENT QU'IL A LE SENS DE LA FAMILLE.
HA HA,
LE MÊME SANG ?
NOUS N'AVONS QU'UNE MOITIÉ DE SANG EN COMMUN.
L'AUTRE MOITIÉ EST CELLE D'UN PARFAIT ÉTRANGER.
...
LE DÉJEUNER AVEC Mme HOLLAND ...
BREF, ET SINON ...
C'EST BON.

J'AI TOUT PRÉPARÉ POUR QUE VOUS PUISSIEZ ALLER LA CHERCHER EN AVANCE.
Tenez.
Désolé.
JE N'EN ATTENDAIS PAS MOINS DE TOI.
?!
CHIAKI EST PASSÉ ?
OUI.
COMME VOUS SEMBLIEZ EN PLEIN TRAVAIL, JE ME SUIS PERMIS DE LES RÉCEPTIONNER.
J'TE JURE ...
GRR
JE LUI AVAIS POURTANT DIT DE ME LES DONNER EN MAINS PROPRES.
...
IL VA SE LASSER DE VOUS, SI VOUS PERSISTEZ DANS VOS CAPRICES.
HEIN ?!
DES CAPRICES ?!

CARL ...
EST-CE QUE J'EN DEMANDE TROP À CHIAKI ?
...
?
CE MATIN ...
IL M'A POSÉ UNE QUESTION BIZARRE.
ET ?
QUE LUI AVEZ-VOUS RÉPONDU ?
IL VOULAIT SAVOIR SI JE TRAITAIS MES PRÉCÉDENTES COMPAGNES DE LA MÊME MANIÈRE.
QUE JE NE SAVAIS PAS.
MAINTENANT QUE J'Y REPENSE, IL AVAIT L'AIR UN PEU GÊNÉ...
Ça m'inquiète...

JE NE SAIS PAS QUOI DIRE D'AUTRE.
HUM..
HA HA,
CELA VOUS RESSEMBLE BIEN.
EN FAIT, JE NE ME SOUVIENS PAS COMMENT J'ÉTAIS AVEC LES AUTRES.
Qu'est-ce ça signifie ?
Réfléchissez-y par vous-même.
M. HARRY SEMBLE REDEVENIR UN ENFANT DEVANT M. CHIAKI.
ET C'EST CE MÊME HOMME QUI SE MONTRE AUSSI IMPITOYABLE ENVERS SON PROPRE FRÈRE ...

FAUT-IL SE RÉJOUIR DE CE CHANGEMENT POUR M. HARRY ?
OU ALORS ...
BROU HAHA
TAC
TAC
OF COURSE !
EXCUSE ME.
!

J'AI RENDEZ-VOUS AVEC HARRY CHRISTOPHOROS. IL RÉSIDE ICI.
VOUS ME GUIDEZ ?
D'ACCORD !
JE ME RENSEIGNE TOUT DE SUITE. ATTENDEZ UN INSTANT, JE VOUS PRIE.
OH, C'EST LENT…
DITES-LUI QUE MLLE HOLLAND EST ARRIVÉE !
?
UNE CONNAIS-SANCE DE HARRY ?
QU'ELLE EST BELLE …

Elle est éblouissante.
ELLE SEMBLE CLAIREMENT VENIR D'UN AUTRE MONDE ...
Elle est magnifique...
ÇA NE M'ÉTONNE PAS DES RELATIONS DE HARRY.
AH ...
JE ME DEMANDE QUEL RAPPORT ELLE A AVEC LUI ?
EXCUSEZ-MOI, MADAME, CET ESPACE EST NON-FUM…
HARRY !
FFSSH
JESSICA ?!
HAA
RAH ! TU EN AS MIS DU TEMPS !
C'EST TOI, HOLLAND ?!
Hein ?
...
HARRY ...

LA PRÉSIDENTE…
AVAIT TRÈS ENVIE DE TE VOIR, HARRY !
SMACK
MOUAH !
!
ARRÊTE, JESSICA !
QU'EST-CE QUE TU FAIS LÀ ?!
OH !
GRAND-MÈRE VOULAIT VITE TE VOIR.
ELLE N'A PAS PU ATTENDRE QUE CARL VIENNE LA CHERCHER.
JE SUIS SÛR QUE C'EST TOI QUI AS TOUT MANIGANCÉ…
Menteuse !

...
GRR
!
CHIAKI !
T'as une tête à faire peur...
ELLE N'EST PAS DU TOUT ...
EXCUSEZ-MOI...
JE VOUS PRIERAIS DE BIEN VOULOIR PARLER MOINS FORT, CAR VOUS DÉRANGEZ LES AUTRES CLIENTS.
HARRY !
C'est qui, lui ?
CHIAKI ...
HARRY CHRISTOPHOROS.
NOUS NOUS VOYONS ENFIN.

MADAME HOLLAND !
CELA FAIT LONGTEMPS.
...
J'ALLAIS VENIR À VOTRE RENCONTRE, AUJOURD'HUI...
MAIS VOUS M'AVEZ DEVANCÉ.
VOUS ÊTES SI OCCUPÉ QU'IL EST DIFFICILE DE TROUVER UN MOMENT POUR VOUS VOIR.
SI JE VOUS AVAIS ATTENDU, J'AURAIS FINI TOUTE DÉCRÉPIE.
MAIS NON, VOUS ÊTES TOUJOURS MAGNIFIQUE À CHAQUE FOIS QUE JE VOUS VOIS.

...
POURTANT, HARRY ME SEMBLE SI LOIN...
DE QUOI EST-CE QUE JE M'INQUIÈTE ?
CE N'EST SANS DOUTE PAS GRAVE DU TOUT...
...

...
MONSIEUR CHIAKI ...
MONSIEUR CARL.
VEUILLEZ M'EXCUSER POUR TOUT CE TAPAGE.
À CE RYTHME-LÀ ...
JE SUIS DÉSOLÉ DE VOUS AVOIR CAUSÉ DU TORT ET CE, PARCE QUE MES PRÉPARATIFS N'ONT PAS ABOUTI.
NON ... PAS DU TOUT ...
COMME ELLES SONT TOUTES LES DEUX TRÈS IMPORTANTES POUR M. HARRY ...
APRÈS TOUT...
J'AVAIS TOUT PRÉPARÉ AVEC SOIN, MAIS ...
JE VOIS ...
NE SAVAIS-JE PAS DEPUIS LE DÉBUT...
QUE LE MONDE DE HARRY N'AVAIT RIEN À VOIR AVEC LE MIEN ?
ET POURTANT JE SUIS TRISTE...

JE NE DOIS PAS Y PENSER.
...
M<sup>LLE</sup> JESSICA VOUS PRÉOCCUPE ?
NON.
MOI AUSSI, JE DOIS ME CONCENTRER SUR MON TRAVAIL.
QUELLE QUE SOIT LA PERSONNE QUE FRÉQUENTE M. HARRY ...
JE N'EN PARLERAI PAS DANS MON TRAVAIL.
VOTRE... TRAVAIL ?
?
VOUS ÊTES QUELQU'UN DE TRÈS SAGE ET D'INTELLIGENT.
VOUS SAVEZ TRÈS BIEN OÙ EST VOTRE PLACE.

...
NOTRE SÉJOUR AU JAPON ARRIVE BIENTÔT À SON TERME.
ET NOUS COMPTONS SUR VOTRE AIDE EN CAS DE BESOIN.
QU'EST-CE QUE...
AU FAIT ...
IL SEMBLERAIT ...
QU'UN MOUSTIQUE VOUS AIT PIQUÉ AU COU.
VOUS FERIEZ MIEUX D'APPLIQUER UNE POMMADE, PLUS TARD ...
MONSIEUR CHIAKI.
POM
ぽんっ

SUR CE...
DAF
...
...
QUEL SALE TYPE ...
ME LE FAIRE REMARQUER COMME ÇA ...
...
J'ÉTAIS COMPLÈTEMENT TRANSPORTÉ PAR LA JOIE D'ÊTRE AIMÉ DE HARRY.

QU'EST-CE QUE JE SUIS EN TRAIN DE FAIRE ?
JE...
JE SUIS UN INTRUS DANS SON MONDE.
TAP
?
TAP
MADEMOISELLE JESSICA.

C'EST RARE DE TE VOIR ÉLOIGNÉ DE HARRY, TOI, SON SECRÉTAIRE.
OÙ ÉTAIS-TU ?
ET VOUS, MADEMOISELLE JESSICA, VOUS N'AVIEZ PAS UN DÉJEUNER ?
TAIS-TOI !
ILS M'ONT DEMANDÉ DE LES LAISSER SEULS…
PARCE QU'ILS DEVAIENT SOI-DISANT PARLER DE QUELQUE CHOSE !
ELLE N'ÉTAIT MÊME PAS CONVIÉE, À LA BASE, NON ?
…
BREF, DIS-MOI PLUTÔT…
TOI, TU DOIS SÛREMENT CONNAÎTRE…
LA VRAIE RAISON POUR LAQUELLE HARRY EST VENU AU JAPON, N'EST-CE PAS ?!
QUE PEUT-ELLE BIEN ÊTRE ?
NE FAIS PAS L'IGNORANT !
QUI ÉTAIT CE TYPE À L'ACCUEIL TOUT À L'HEURE ?
HARRY M'A REPOUSSÉE POUR ALLER LUI PARLER !

TEL QUE JE LE CONNAIS, IL N'AURAIT JAMAIS FAIT ATTENTION À CE GENRE D'HOMME !
C'EST PARFAIT, ELLE POURRA SÛREMENT M'AIDER …
?
SERAIT-CE L'INTUITION FÉMININE ?
MADEMOISELLE JESSICA…
…
EH BIEN…
EN FAIT…
J'AI QUELQUE CHOSE DE SÉRIEUX À VOUS DIRE…
QU'ALLEZ-VOUS FAIRE, CHIAKI NAKURA ?

Chambre 3
Egoistic Blue
VOUS ÊTES QUELQU'UN DE TRÈS SAGE ET D'INTELLIGENT.
VOUS SAVEZ TRÈS BIEN OÙ EST VOTRE PLACE.
...

UN AVERTISSEMENT ?
ÉTAIT-CE …
NOTRE SÉJOUR AU JAPON ARRIVE BIENTÔT À SON TERME.
IL M'A PARLÉ COMME S'IL M'ANNONÇAIT UNE ÉCHÉANCE.
JE LE SAVAIS, MAIS…
HARRY QUITTERA LE JAPON UN JOUR OU L'AUTRE.
EST-CE QU'IL SE FORCE POUR ÊTRE AVEC MOI ?
EN CE MOMENT, IL SÉJOURNE POUR UNE LONGUE DURÉE, ALORS QUE ÇA DOIT ÊTRE VRAIMENT DIFFICILE.
EST-CE POUR ÇA QUE CARL SE MONTRE SI HOSTILE À MON ÉGARD ?
NON… IL N'Y A PAS QUE ÇA.

...
JE SUIS DISTRAIT AU TRAVAIL ET JE NE M'ÉTAIS MÊME PAS APERÇU DE CETTE MARQUE ...
LUI...
IL DOIT TROUVER CE GENRE DE NÉGLIGENCE IMPROPRE À HARRY...
QUI FAIT PASSER LE TRAVAIL AVANT MOI...
AH ...
JE ME METS À AVOIR DE MAUVAISES PENSÉES ...
JE LE BLÂME SANS TENIR COMPTE DE MES ERREURS ...
JE SUIS HORRIBLE ...
JE NE SAVAIS PAS QUE JE POUVAIS ÊTRE COMME ÇA.
DING DONG

ガチャ
TCHAC
OUI ...
HARRY !
TON PORTABLE N'EST PAS ALLUMÉ, CHIAKI ...
AH ...
パタン
TAC
À MOINS QUE TU L'AIES ÉTEINT EXPRÈS ?
JE SUIS DÉSOLÉ !
J'AI OUBLIÉ DE LE RALLUMER APRÈS LE TRAVAIL ...
Ce n'était pas intentionnel...

NE CROIS PAS QUE JE SUIS FÂCHÉ.
D'HABITUDE, TU M'ATTENDS DANS MA CHAMBRE OU TU ME LAISSES UN MESSAGE.
JE SUIS ALLÉ VOIR À L'ACCUEIL ET ON M'A DIT QUE TU ÉTAIS RENTRÉ. J'ÉTAIS JUSTE UN PEU INQUIET.
!
TU PLEURAIS ?
TU ES PRÉOCCUPÉ À CAUSE DU BAISER DE TOUT À L'HEURE ?
CETTE FEMME N'EST PAS CE QUE TU CROIS.
J'AVOUE QUE J'AI ÉTÉ UN PEU CHOQUÉ, MAIS...
JE NE DOUTE PAS DE TOI.

ALORS, POURQUOI TU FAIS UNE TÊTE AUSSI TRISTE ?
TU ES RENTRÉ SANS RIEN DIRE PARCE QU'IL S'EST PASSÉ QUELQUE CHOSE, NON ?
CHIAKI ...
HIC
...
PAS DU TOUT ...
VRAIMENT... IL N'Y A RIEN.
JE VOULAIS JUSTE NE PAS TE DÉRANGER PENDANT TON TRAVAIL ...
JE SUIS DÉSOLÉ DE T'AVOIR INQUIÉTÉ ...
...

BOBOM
CHIAKI...
JE T'AIME.
Σ' ΑΓΑΠΩ.
"JE T'AIME."
CES MOTS ME FONT TERRIBLEMENT MAL, MAINTENANT.
JE... T'AIME AUSSI.
WIK
HUM ...
...
CHIAKI ...
HIC
HAN
Ha ...
HAN
ŠLURP
ŠLURP
HUM ...
AH ...

ÇA VA SORTIR ...
HUM ...
HUM !
GLOUPS ...
SPLASH
HARRY ...
WIK
PAF
PAF
HAN..
HAN..
CONTINUE ...
!
MAIS ...
TU N'ES PAS ENCORE PRÊT ...

SI, ÇA... VA...
FLOTCH
OUH... GGH !
GW
HFF...
HFF...
TU VOIS ?!
NE TE FORCE PAS, CHIAKI !
HA !
GW
BRRR
ÇA... VA.
JE NE ME... FORCE PAS !
ENCORE ...
Ha...
SERRE-MOI ENCORE PLUS FORT.

QU'Y A-T-IL, CHIAKI ?
HAA
QU'EST-CE QUI TE FAIT SI PEUR ?!
HAA
HAA
POUF
...
C'EST DE MOI-MÊME DONT J'AI PEUR.
JE T'AIME TELLEMENT QUE JE NE VOIS PLUS CE QU'IL Y A AUTOUR.
JE VEUX NE FAIRE QU'UN AVEC TOI...
HUM ...
ENFONCE-TOI ENCORE PLUS PROFONDÉMENT... POUR REMPLIR TOUS LES INTERSTICES DE CE CORPS !
HUM ...
CHIAKI ...

HAA..
HAA
JE NE PEUX M'EMPÊCHER DE NE TE VOULOIR RIEN QUE POUR MOI.
AH !
MOI AUSSI, JE DÉSIRE NE FAIRE QU'UN AVEC TOI.
HIC
Haa...
FLOTCH
AH !
AH...
FLOTCH
HIC
Ah...
HUM...
POUICH
COMME JE VOUDRAIS TE DÉVORER TOUT ENTIER !

HAA...
CHIAKI ...
SLURP
HAA...
MÊME SI JE DEVAIS ÊTRE FRAPPÉ PAR LA COLÈRE DES DIEUX, JE NE LÂCHERAI JAMAIS CETTE MAIN !
TU M'APPARTIENS !
JE NE VEUX PAS TE PERDRE.
HARRY ...

CUI
CUI
HUM ...
CHIAKI ?
?
"JE SUIS PARTI TRAVAILLER."
...

CHIAKI NAKURA !
BAM
J'AURAIS BESOIN DE M'ENTRETENIR AVEC VOUS…
POURRIEZ-VOUS M'ACCORDER UN MOMENT ?
…
JE NE VAIS PAS Y ALLER PAR QUATRE CHEMINS.
NE VOUS APPROCHEZ PLUS DE HARRY !
VOUS ÊTES HORRIPILANT !
MAIS DE QUOI PARLEZ-VOUS ?

NE FAITES PAS L'INNOCENT !
JE SAIS QUE VOUS AVEZ SÉDUIT HARRY !
VOUS CROYEZ VRAIMENT QU'IL VA AIMER…
UN SIMPLE EMPLOYÉ D'HÔTEL, QUI PLUS EST UN HOMME ?!
…
HARRY NE S'IMPLIQUERA JAMAIS SÉRIEUSEMENT AVEC UNE PERSONNE TELLE QUE VOUS !
VOUS N'ÊTES PAS DU MÊME MONDE !
CEPEN-DANT…
!
SON RAISONNE-MENT EST JUSTE.
JE SUIS LE MIEUX PLACÉ POUR SAVOIR CE QUE C'EST DE TOMBER AMOUREUX DE QUELQU'UN D'UN RANG SOCIAL DIFFÉRENT.
JE SUIS NAVRÉ…
JE N'AI RIEN À VOUS DIRE.

PAF
…
C'EST UN CHRISTOPHOROS !
…
ZWIP
MÊME S'IL VOUS A CHOISI…
SA FAMILLE NE VOUS ACCEPTERA PAS !
ELLE Y A MIS TOUT SON CŒUR, ON DIRAIT.
GLOUPS
?!
ON NE PEUT RIEN FACE À SA FORCE DE CARACTÈRE, N'EST-CE PAS ?
ELLE NE S'EST PAS LIMITÉE À SA VOIX, ELLE EN EST VENUE AUX MAINS.
VOUS ALLEZ BIEN ?

MONSIEUR CARL …
POURQUOI NE L'AVEZ-VOUS PAS CONTREDITE ?
C'EST BIEN LUI QUI…
À L'ORIGINE, C'EST M. HARRY, QUI VOULAIT, PAR TOUS LES MOYENS, S'EMPARER DE VOUS.
COMME C'EST VOUS QUI ÊTES DÉSIRÉ, JE SUPPOSE QUE VOUS NE VOUS SENTEZ PAS FAUTIF ENVERS Mlle JESSICA.
EFFECTIVEMENT …
MAIS ÇA N'ÉTAIT PAS À SENS UNIQUE.
COMME ELLE L'A DIT …
JE ME SUIS ÉPRIS D'UN CLIENT ALORS QUE JE SUIS UN EMPLOYÉ DE L'HÔTEL …
C'EST AINSI QUE TOUT A COMMENCÉ …
MONSIEUR …
POURQUOI NE PAS ME PARLER FRANCHEMENT ET DIRECTEMENT, VOUS AUSSI ?

SANS UTILISER LES SENTIMENTS DE CETTE FEMME.
DITES-LE, SI JE NE VOUS PLAIS PAS !
VOUS POUVEZ ÊTRE FRANC !
...
JE PENSE QUE...
VOUS N'ÊTES PAS DIGNE DE M. HARRY.
VOUS ÊTES GROSSIER !
MAINTENANT QUE JE VOUS L'AI DIT, AURIEZ-VOUS L'OBLIGEANCE DE DISPARAÎTRE DE SA VUE ?

JUSQU'À HIER, J'AURAIS CERTAINEMENT OBÉI À CES MOTS.
MAIS...
...
"CHIAKI...
JE NE LÂCHERAI JAMAIS CETTE MAIN !
TU M'APPARTIENS !"
À CET INSTANT, TOUS MES DOUTES SE SONT ENVOLÉS.

MONSIEUR ...
IL EST PROBABLE QUE JE NE SOIS PAS DIGNE DE LUI.
!
NÉANMOINS, CE N'EST PAS À VOUS D'EN DÉCIDER.
JE ME FICHE QUE CETTE RELATION NE DURE QU'UN TEMPS.
JE VEUX CROIRE EN SES PAROLES.
MÊME SI VOUS OU LA FAMILLE DE M. HARRY NE M'ACCEPTEZ PAS...
JE RESTERAI AUPRÈS DE LUI TANT QU'IL AURA BESOIN DE MOI ET CE, QUOI QU'IL ARRIVE.

ZWIP
SI VOUS VOULEZ BIEN M'EXCUSER …
NE ME SOUS-ESTIMEZ PAS !
…
HA…
HA HA HA …
TAC
OUAIS…
TSS…
VOUS AVEZ ENTENDU ÇA ?
C'EST DONC DE TA FAUTE SI JE TROUVAIS CHIAKI BIZARRE !

JE VOULAIS JUSTE LE TESTER LÉGÈREMENT, MAIS LE RÉSULAT ÉTAIT VRAIMENT MAGNIFIQUE !
C'est de mauvais goût...
MÊME SI C'EST UN HOMME MÉRITANT PAR SA GENTILLESSE ET SON SÉRIEUX...
J'AVAIS PEUR QU'IL DEVIENNE UN OBSTACLE POUR VOUS, MAIS...
C'EST QUELQU'UN DE REDOUTABLE.
ÉVIDEMMENT.
APRÈS TOUT, IL EST L'HOMME QUI EST PARVENU À ME TROUBLER.
PFF...
ÇA Y EST, IL REDEVIENT MIELLEUX...
Tu t'excuseras correctement après, hein !
Oui, je sais.
AH LÀ LÀ... JE L'AI FAIT.
OUH LÀ LÀ...
JE ME SUIS LAISSÉ SUBMERGER PAR MES ÉMOTIONS...
J'AI RÉPONDU UN PEU FORT À SA PROVOCATION...

QUE VA-T-IL SE PASSER MAINTENANT ?
LA FAMILLE DE HARRY EST SÛREMENT PIRE QUE ÇA …
?
MME HOLLAND !
OH…
BONJOUR.
CE JARDIN EST SPLENDIDE.
IL EST CHALEUREUX ET APAISANT. ON S'Y SENT BIEN.
JE SUIS RAVI QU'IL VOUS PLAISE.
VRAIMENT… JE ME DEMANDE POURQUOI JE NE L'AI PAS REMARQUÉ HIER.
VOUS LUI RESSEMBLEZ TELLEMENT…
PARDON ?

HARRY M'A TOUT RACONTÉ, HIER.
JE VOIS… VOUS L'AVEZ FINALEMENT RETROUVÉ ?
OUI.
MAIS LE DESTIN EST CRUEL.
DIRE QUE LE PETIT-ENFANT DE RACHEL EST UN HOMME …
NON. CE N'EST PAS CE QUE JE PENSE.
COMME CELA A ÉTÉ LE CAS POUR VOUS OU GRAND-PÈRE, LES MARIAGES DES CHRISTOPHOROS…
NE SONT QUE DES STRATÉGIES QUE L'ON RÉPÈTE INLASSABLEMENT AFIN D'EXHIBER LE POUVOIR DE LA FAMILLE.

SI CHIAKI NAKURA AVAIT ÉTÉ UNE FEMME …
JE L'AURAIS PEUT-ÊTRE ÉPOUSÉ DANS LE SEUL BUT DE RÉALISER LE SOUHAIT DE GRAND-PÈRE ET DE M'EMPARER DU POUVOIR DES CHRISTOPHOROS.
SIMPLEMENT PARCE QU'ELLE AURAIT ÉTÉ LA PETITE-FILLE DE RACHEL …
POUR TOUT DIRE, À LA BASE, C'EST CETTE RAISON QUI M'A POUSSÉ À ME RAPPROCHER DE LUI.
MAIS…
IL M'A REJETÉ EN BONNE ET DUE FORME.
HARRY !
Qu'est-ce que vous …
HA HA,
ET C'EST APRÈS AVOIR ÉTÉ REPOUSSÉ …
OH…
QUE J'AI PRIS CONSCIENCE …
POUR LA PREMIÈRE FOIS, QUE JE LE DÉSIRAIS LUI, POUR CE QU'IL ÉTAIT.

JE ME FICHE BIEN DE SON SEXE OU DE SA LIGNÉE.
JE VEUX SIMPLEMENT L'AIMER.
HARRY...
BOBOM
C'EST LA PREMIÈRE FOIS QUE JE VOIS HARRY SI HEUREUX.
EN VOUS RENCONTRANT, IL A LAISSÉ FLEURIR LE BOURGEON DANS SON CŒUR.
COMME CES FLEURS...
C'EST GRÂCE À VOUS QU'IL S'EST PLEINEMENT ÉPANOUI.
JE NE PENSAIS QU'À MOI ET J'AI PRIS PEUR.
J'AI HONTE D'AVOIR DOUTÉ UN SEUL INSTANT DE TON AMOUR.

JE REMERCIE
LES DIEUX…
D'AVOIR PERMIS
À MON ADORABLE GARÇON
DE RENCONTRER SON
DESTIN EN VOTRE
PERSONNE.
C'EST…
JE NE…
PLOC
ポロッ
OH,
OSE ME
DIRE QU'UN
AUTRE QUE
TOI PEUT M'ÊTRE
DESTINÉ.
HARRY
…
MADAME HOLLAND,
ENFIN… GRAND-MÈRE.
VOULEZ-VOUS BIEN ÊTRE
NOTRE TÉMOIN ICI-MÊME ?

HARRY ?
DONNE-MOI TA MAIN.
CHIAKI… MON CHÉRI.
QU'APOLLON, LE DIEU SOLAIRE, ET Mme HOLLAND M'EN SOIENT TÉMOINS …

JE TE FAIS LE SERMENT SOLENNEL ...
DE T'AIMER ÉTERNELLEMENT.

CHIAKI ...
MAIS SANS TOI, JE NE PEUX MÊME PAS TENIR DEBOUT.
AVEC TOI, JE SURMONTERAI TOUTES LES DIFFICULTÉS.
JE TE L'AI DIT, NON ? JE NE LÂCHERAI PAS CETTE MAIN ...
"OUI."
SINON, JE VAIS ÊTRE FRAPPÉ PAR LA COLÈRE D'APOLLON ET FINIR ENTIÈREMENT CALCINÉ.
Ça te va ?
C'EST...
HARRY... QUE DOIS-JE RÉPONDRE ?!

!
GWIP
QUOI QU'IL ARRIVE, RESTE AUPRÈS DE MOI.
NE ME QUITTE PAS.
...
HARRY ...
SI TU NE DIS PAS OUI, ON VA BRÛLER ENSEMBLE.

OUI.
JAMAIS JE NE TE QUITTERAI !
JE VEUX VOIR LA MER OÙ HARRY A GRANDI.
ELLE DOIT ÊTRE D'UN BLEU AUSSI PROFOND QUE CES YEUX QUI M'ONT ENGLOUTI.
Egoistic Blue - Fin

Egoistic Blue

Egoistic Blue

Egoistic Blue
Dis-moi que tu m'aimes
DIS…
EST-CE QUE TU AIMES HARRY ?
QU'EST-CE QUE TU VEUX DIRE ?
ON A ENFIN UN JOUR DE REPOS AUJOURD'HUI, MAIS TU NE VEUX PAS SORTIR PARCE QUE HARRY NE SORT PAS …
DEPUIS QUAND LE FAIS-TU PASSER EN PRIORITÉ ?
C'EST ÉVIDENT.
M. HARRY EST MON MAÎTRE.
TU AS DÉJÀ VU UN CHIEN SORTIR SANS SON MAÎTRE ?
NE TE COMPARE PAS À UN CHIEN !
JE SUIS UN CHIEN.

C'EST LA RAISON DE MA PRÉSENCE ICI.
J'ACCOMPLIRAI MON DEVOIR COMME IL LE SOUHAITE.
ET ÇA NE TE FAIT PAS SOUFFRIR ?
C'EST DÉPRIMANT.
QUAND JE TE REGARDE, ÇA M'ATTRISTE ...
?
MORRIS ?
DIS...
CARL...

Dis-moi que tu m'aimes
Egoistic Blue

ÇA FAIT SEPT ANS QUE TU AS DISPARU DE MA VIE.
QU'EST-CE QUE TU VOULAIS ME DIRE CE JOUR-LÀ, MORRIS ?
CARL ?
MONSIEUR HARRY.
VOUS ÊTES ENCORE LÀ.
ÇA TOMBE BIEN.
QU'EST-CE QU'IL Y A ?
TOUT À L'HEURE, JE SUIS ALLÉ NÉGOCIER AVEC M. BROOKS POUR QU'IL SIGNE L'ACCORD D'ACHAT DE LA SOCIÉTÉ GO.
JE PENSE QUE NOUS ALLONS OBTENIR UNE RÉPONSE EN DÉBUT DE SEMAINE PROCHAINE...
JE VOIS.
ÇA NE M'ÉTONNE PAS DE TOI, CARL.

ドカ
POF
VOUS COMPTEZ REJOINDRE M. CHIAKI À FIRÁ ?
OUI.
CHIAKI A ENCORE UNE DEMI-JOURNÉE DE TRAVAIL.
ÇA FAIT DEUX MOIS QU'ON NE S'EST PAS VUS... JE VAIS EN PROFITER TRANQUILLE-MENT.
COMME ÇA, JE VAIS POUVOIR ME DÉTENDRE UN MOMENT ET RETOURNER EN GRÈCE.
BIEN SÛR, JE M'OCCUPE-RAI DE TOUT EN VOTRE ABSENCE.
JE TÂCHERAI D'AVOIR DE BONNES NOUVELLES À VOUS ANNONCER À VOTRE RETOUR.
EN ÉCHANGE, JE VOUS FERAI TRAVAILLER ENCORE PLUS QUAND VOUS RENTREREZ.
Évidemment.
PAR AILLEURS ...
Tu es malin...

IL SEMBLE QUE VOTRE FRÈRE AIT DÉCOUVERT VOTRE HISTOIRE AVEC M. CHIAKI ...
VOUS N'ALLEZ PEUT-ÊTRE PAS POUVOIR EN PROFITER TANT QUE ÇA, LÀ-BAS.
NE ME RAPPELLE PAS DES CHOSES DÉSAGRÉA-BLES !
LAISSE FAIRE LES FOUINEURS.
CHIAKI VA RENCONTRER GRAND-PÈRE.
JE NE LAISSERAI PERSONNE S'EN MÊLER.
...
JE N'AI PAS L'INTENTION DE PERDRE CETTE BATAILLE !
HUMPF...
CE SONT BIEN LÀ ...
DES PAROLES DIGNES DU CÉLÈBRISSIME JEUNE ROI DES CHRISTO-PHOROS.
J'AI L'IMPRESSION QUE TU DIS ÇA POUR TE MOQUER DE MOI ...
TU VERSES DANS L'IRONIE, MAINTENANT ?

EXCUSEZ-MOI.
C'EST CE QUI SE DIT ICI ET LÀ.
NON, VOUS AVEZ VRAIMENT L'ÉTOFFE D'UN ROI.
HARRY CHRISTOPHOROS ...
TROISIÈME FILS D'UNE GRANDE FAMILLE GRECQUE ET CHEF DE DIRECTION DE GRANDS HÔTELS DONT LA GESTION S'ARTICULE AUTOUR DE LOS ANGELES.
IL EST DEVENU MON MAÎTRE PAR TRADITION FAMILIALE ...
ALORS QUE J'ÉTAIS TRÈS JEUNE.
CARL ...
VOICI M. HARRY.
C'EST LA PERSONNE QUE TU VAS SERVIR À PARTIR D'AUJOURD'HUI.
Dis-lui bonjour.
CARL ...
MONSIEUR HARRY ?!
Qu'est-ce que ...
SI TU NE VEUX PAS, TU PEUX REFUSER, TU SAIS.
PUIS, IL EST DEVENU MON ROI.
NON.
C'EST AVEC PLAISIR QUE JE VOUS SERVIRAI.

KOF
KOF
?
BONSOIR.
C'est le voisin ?
BOUM
HUM
CLIC
QU'EST-CE QUI LUI PREND ?
Il fait froid dans le dos...
ÇA DEVIENT INQUIÉTANT PAR ICI, CES DERNIERS TEMPS.
IL Y A DE PLUS EN PLUS DE GENS BIZARRES.
JE NE RENTRE ICI QUE POUR DORMIR.
IL FAUDRAIT VRAIMENT QUE JE DÉMÉNAGE BIENTÔT...
...
IL N'Y A PEUT-ÊTRE PAS DE QUOI S'AFFOLER NON PLUS ...
VRRR
?
VRRR

MAIS DE CETTE FAÇON, L'ACQUISITION DE LA SOCIÉTÉ GO EST QUASIMENT ASSURÉE.
VOUS ÉTIEZ VRAIMENT MERVEILLEUX CE SOIR. VOTRE PEAU EST AUSSI DOUCE QUE LES PLUMES D'UN ANGE. ...... J. BROOKS
D'un ange ?
COMME JE LE PENSAIS, C'EST UN HOMME FACILE.
POUR PLUS DE SÛRETÉ, IL FAUDRAIT QUE JE LE REVOIE CE WEEK-END ...
DANS CE MONDE ÉCLATANT...
LES TÉNÈBRES COEXISTENT À PART ÉGALE AVEC LA LUMIÈRE.
LES OMBRES S'ENRACINENT PARTOUT ET RENFORCENT LE SOL.
MIEUX VAUT AVOIR LE PLUS DE CONNEXIONS POSSIBLE...
C'EST LA MÊME CHOSE POUR PRENDRE LE POUVOIR.
SI M. HARRY ÉTAIT AU COURANT, IL SE METTRAIT DANS UNE RAGE FOLLE.
BIEN QUE ÇA M'AGACE UN PEU ...
BIIIP
!

BIIIP
?
QUI ÇA PEUT BIEN ÊTRE À CETTE HEURE-LÀ ?
Il en fait du boucan.
BIP
BIIIP
CLAC
OUI.
QUI EST ...
C'EST MOI ! ÇA FAIT LONGTEMPS !
C'EST COOL QUE TU N'AIES PAS DÉMÉNAGÉ !
C'EST QUI "MOI" ?
C'est une arnaque ?
JE VOUS AI DEMANDÉ QUI...
QUOI ? TU NE RECONNAIS PAS MA VOIX ?
C'EST MORRIS.
MORRIS BROWN.
TU M'AS DÉJÀ OUBLIÉ ?
!!
IMPOSSIBLE !

C'EST VRAIMENT TOI ?!
MORRIS !!
TU ES REVENU ...
CLAC
ATT...
BAM
IL FAUT QUE J'APPELLE LA POLICE ...
!!
POURQUOI TU REFERMES LA PORTE, TOUT À COUP ?
GU GU GU
YO !
Ça fait longtemps !
SALE
C'EST ÉVIDENT !
Vous pensiez m'avoir...
VOUS VOULIEZ ENTRER EN VOUS FAISANT PASSER POUR MORRIS !
MAIS N'IMPORTE QUOI !!

TU AS OUBLIÉ LE VISAGE DE TON MEILLEUR AMI ?!
QUEL SANS-CŒUR !
MONTREZ-MOI UNE PREUVE !
VOUS DITES ÇA ALORS QUE VOUS AVEZ LE VISAGE COUVERT DE CRASSE ?
BRRR
BRRR
UNE PREUVE ?
AH !
!
BLUSH
TU AIMES QU'ON TE LÈCHE LE GRAIN DE BEAUTÉ EN FORME DE TRIANGLE À LA BASE DE TES FESSES !
OUAH !
MORRIS ...
BRR
TU N'ES QU'UN...

D'ABORD ...
EST-CE QUE JE PEUX T'EMPRUNTER TA SALLE DE BAIN ?
Ainsi qu'une paire de ciseaux et un rasoir...
JE REVIS !
MERCI, JE ME SENS PLUS FRAIS.
HUM...
...
C'EST VRAIMENT TOI...
Pourquoi tu ne te rases pas le bouc ?
TU TE SOUVIENS DU VISAGE DE CE BEL HOMME ?
HÉ HÉ HÉ
LA FERME !
QU'EST-CE QUE TU AS FAIT POUR ÊTRE SI SALE ?

!
PAS MAL DE CHOSES …
J'AI FAIT DEUX SEMAINES D'AUTO-STOP POUR ARRIVER JUSQU'ICI ET JE N'AI HONNÊTEMENT PAS EU LE TEMPS DE ME LAVER.
En plus, on m'a volé mon porte-feuille …
JE VAIS JETER LES VÊTEMENTS QUE TU PORTAIS !
HE HE !
IL SUFFIT DE LES LAVER …
JE REFUSE DE METTRE ÇA DANS MON LAVE-LINGE.
GRR
C'EST POUR ME METTRE EN COLÈRE QUE TU ES REVENU ?
GWIP
ÇA FAIT LONGTEMPS …
QUE JE N'AI PAS VU TON VISAGE EN COLÈRE …
C'EST BIEN POSSIBLE.
ÇA M'EXCITE QUAND L'HOMME CALME QUE TU ES DEVIENT SENTIMENTAL.

SALE PERVERS ...
HUM.
QU'EST-CE QUE TU AS FAIT TOUTES CES ANNÉES ?
UN VOYAGE POUR ME RETROUVER, EN QUELQUE SORTE ...
COMMENT ÇA ?
HÉ !
N'ÉLUDE PAS LA QUESTION ...
TU T'ES INQUIÉTÉ POUR MOI, CARL ?
ÉVIDEMMENT !

TU ES PARTI SEPT ANS, JE TE RAPELLE !
TU N'AS MÊME PAS MIS D'ADRESSE SUR LA SEULE CARTE POSTALE QUE TU M'AS ENVOYÉE APRÈS TA SUBITE DISPARITION.
TU CROIS ...
QUE JE N'AVAIS RIEN À TE DIRE ?
FFSH
CARL ...
JE SUIS DÉSOLÉ ...
DE T'AVOIR CAUSÉ DU SOUCI ...
ÇA NE FAIT RIEN ...
JE RESTE TON AMI ...
JE SAIS.
...
JE SAIS BIEN, CARL ...

...
MORRIS ...
SLURP
SLURP
CARL ... JE SUIS DE RETOUR.
...
TU ESSAIES ENCORE DE M'EM-BROUILLER.
ESPÈCE DE SÉDUCTEUR ...
MA RELATION AVEC MORRIS N'EST PAS AUSSI MIELLEUSE QUE L'AMOUR.
C'EST FRÉQUENT LORSQU'ON VIT UNE RELATION DANS L'ENVIRON-NEMENT CLOS DES PENSIONNATS.
C'EST PLUS FORT QUE DE L'AMITIÉ, MAIS PLUS LÉGER QUE DE L'AMOUR ...
FFSH
SÛRE-MENT QUE ...

BIENVENUE À LA MAISON ...
IL ME RESTAIT DE L'AFFECTION QUE JE NE VOULAIS PAS ABANDONNER.
HÉ !
MAIS ARRÊTE, CARL !
TAIS-TOI ET DONNE-MOI TA TÊTE !
CLING
TA FAÇON DE ME LE DEMANDER EST TROP FLIPPANTE !
UN ADULTE NORMAL NE DEVRAIT PAS AVOIR LA VOIX TREMBLOTANTE DEVANT UN RASOIR.
AAH !
AAH !
MAIS JE N'AIME PAS QU'ON TOUCHE À MON MENTON !
Depuis que j'ai vu Sweeney Todd...

HUM..
TU PRÉFÈRES QUE JE TE TRANCHE LA GORGE DANS TON SOMMEIL ?
...
OUI.
Chiche...
SI TU VEUX ...
JE POURRAIS LA COUPER EN MORCEAUX APRÈS.
TA DA DA
HAAAA !!
J'AI MENTI ! ALLEZ, VAS-Y !
PI
DIS...
TU DÉTESTES LES BARBES ?
CE N'EST PAS UNE QUESTION D'AIMER OU PAS.
À CE STADE, TU POURRAIS PARAÎTRE SUSPECT AUPRÈS DE LA SÉCURITÉ.
LA SÉCURITÉ ?

CE SERAIT HONTEUX DE REVOIR M. HARRY COMME ÇA, TU N'ES PAS DE MON AVIS ?
ÇA FAIT SEPT ANS QUE VOUS NE VOUS ÊTES PAS REVUS.
IL SERA SÛREMENT HEUREUX.
TOI NON PLUS, TU N'AS PAS CHANGÉ !
...
AU FAIT, CARL ...
J'ABUSE, MAIS EST-CE QUE TU PEUX M'HÉBERGER AUSSI CETTE NUIT ?
QUOI ?
NON, RIEN.
...
ÇA NE TE RESSEMBLE PAS DE DEMANDER LA PERMISSION.

JE SUIS DEVENU ADULTE…
MOI AUSSI…
HIC
ADULTE ?
BOM
DANS CE CAS…
ÉVITE DE DISPARAÎTRE SANS UN MOT, LA PROCHAINE FOIS…
?
ZOUP
TU VIENS DE ME DIRE QUELQUE CHOSE ?
JE DISAIS QUE TU AVAIS UNE SALE COUPE DE CHEVEUX.
SI TU NE TE LES FAIS PAS COIFFER DANS UN ENDROIT CORRECT, TU NE POURRAS PAS SORTIR DEHORS.
DSHAAA
OUAH !
TU PEUX RESTER ICI…
AUSSI LONGTEMPS QUE TU VOUDRAS.
C'EST FROID !
Qu'est-ce que tu fais ?!
C'ÉTAIT AUSSI LE CAS AVANT, NON ?

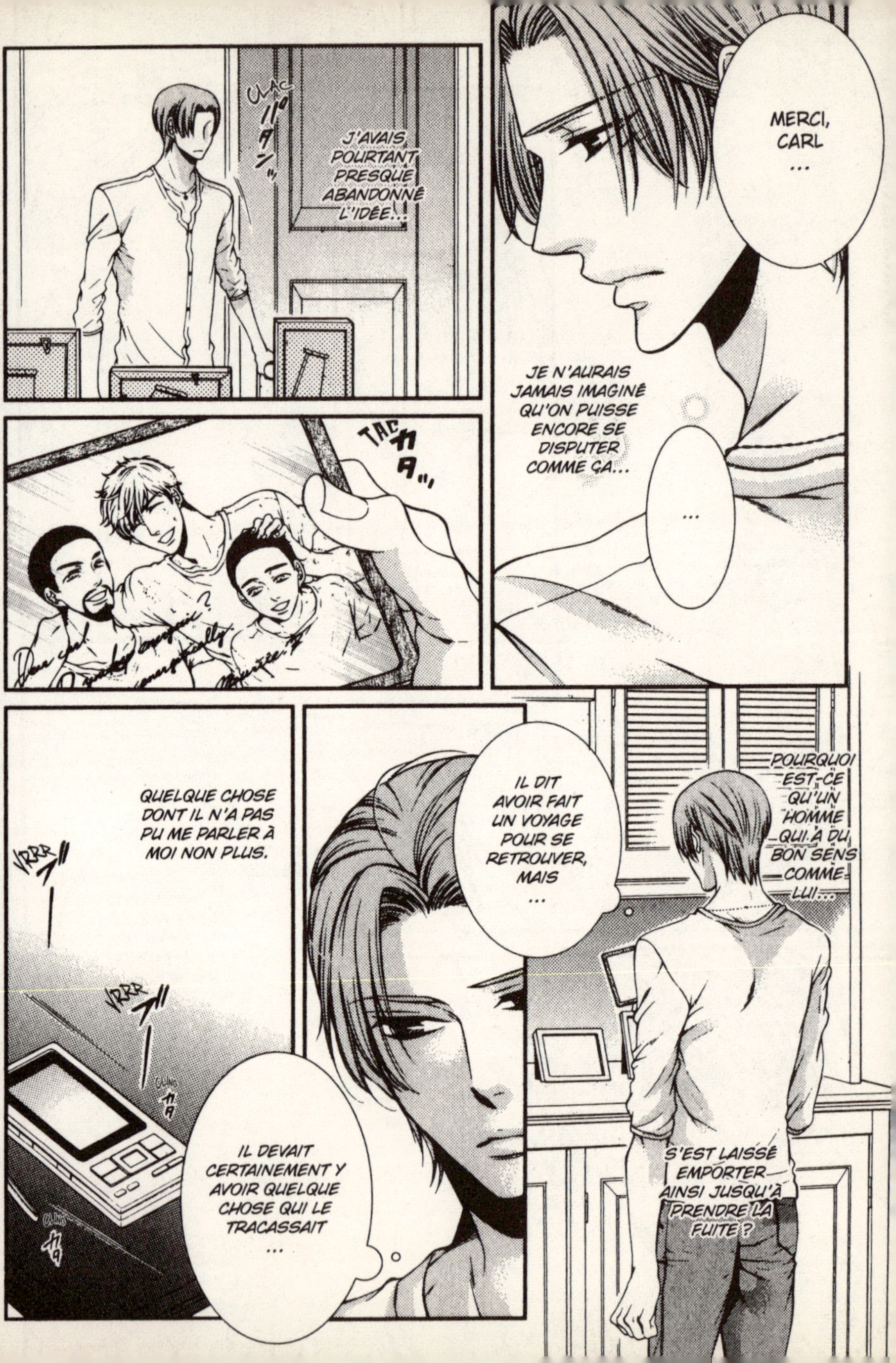
MERCI, CARL ...
JE N'AURAIS JAMAIS IMAGINÉ QU'ON PUISSE ENCORE SE DISPUTER COMME ÇA...
...
CLAC
J'AVAIS POURTANT PRESQUE ABANDONNÉ L'IDÉE...
TAC
POURQUOI EST-CE QU'UN HOMME QUI A DU BON SENS COMME LUI...
S'EST LAISSÉ EMPORTER AINSI JUSQU'À PRENDRE LA FUITE ?
IL DIT AVOIR FAIT UN VOYAGE POUR SE RETROUVER, MAIS ...
IL DEVAIT CERTAINEMENT Y AVOIR QUELQUE CHOSE QUI LE TRACASSAIT ...
QUELQUE CHOSE DONT IL N'A PAS PU ME PARLER À MOI NON PLUS.
VRRR
VRRR
CLING
CLING

ALLÔ ?
SALUT, MON ANGE !
OUI.
MONSIEUR BROOKS...
AH...
J'avais oublié...
J'ATTENDAIS TON APPEL, MAIS COMME IL NE VENAIT PAS...
JE N'AI PAS PU ME RETENIR ET J'AI DÉCIDÉ DE PRENDRE LES DEVANTS.
OUI... C'EST VRAI.
ULAC
JE SUIS CONTENT QUE VOUS M'APPELIEZ.
JE SUIS DÉSOLÉ.
J'ÉTAIS UN PEU OCCUPÉ...
...
ON SE REVOIT SANS FAU...
GWIIP
!
IL Y A UN PROBLÈME ?

FRR
AH !
NO... NON.
Qu'est-ce que...
EH BIEN, À BIENTÔT...
MORRIS !
J'ÉTAIS AU TÉLÉPHONE ...
AVEC HARRY ?
HEIN ?
GLOUPS
NON, C'ÉTAIT ...
FRR
AH !
MORRIS ?
À L'ÉPOQUE AUSSI, JE NE POUVAIS PAS M'EMPÊCHER DE VOULOIR MORDRE CETTE NUQUE ...
CROC
!

TU SAVAIS
...
QUE TU AVAIS
DES GROUPIES,
AUTREFOIS
?
HUM.
SMACK
SMACK
HUM
...
AH !
GRAB
WIK
HAN
TU PEUX
...
PARLER
...
HA
...
HAN
AH
...
TCHAC
TCHAC
WIK
HA...
AAH
!
HIC
WIK
MORRIS
...
BRRR
BRR

GRAB
AH !
A... ATTENDS ...
FLOTCH
FLOTCH
NON !
GWII
HAN...
AH !
HAN...
HIC
ÇA FAIT LONGTEMPS... DIS-MOI OÙ ÇA TE FAIT DE L'EFFET.
HA ...
AH !
GU
PAF PAF
HAN...
QU'EST-CE QUI TE PREND, TOUT À...
WIK
WIK
HAN...
AH ...
WIK
HAN...
...
ICI ?
OU C'EST MIEUX LÀ ?
...
HAN
HUM ...
WIK
HAN
CARL ...

WIK
MAINTENANT, NE PENSE À PLUS RIEN D'AUTRE QUE MOI !
HUM...
WIK
HAN...
HAN...
AH...
QUOI ?
HAN
AU MOINS JUSQU'À CE QUE CETTE BLESSURE DISPARAISSE.
QU'EST-CE QUE TU ES EN TRAIN DE DIRE ?
JUSQU'À AUJOURD'HUI...
NOUS NE NOUS ÉTIONS POURTANT JAMAIS ÉCHANGÉS DE MOTS D'AMOUR.
ON DIRAIT...
QU'IL EST VRAIMENT AMOUREUX DE MOI...

TU ME DEMANDES DE PENSER À TOI MAINTENANT, MAIS...
À TON AVIS, POURQUOI SUIS-JE RESTÉ DANS CET APPARTEMENT ?
ESPÈCE D'ÉGOÏSTE ...
IL Y A PLUSIEURS RAISONS QUI FONT QUE CETTE RELATION A PERDURÉ.
DÉJÀ, NOS CORPS SONT COMPATIBLES, ET AUSSI, ON NE SE PREND PAS LA TÊTE...
CE GENRE DE TRACE ...
ÇA DISPARAÎT EN UN RIEN DE TEMPS ...
MAIS LA RAISON PRINCIPALE, C'EST QUE...
MORRIS.
...

LA SOCIÉTÉ GO S'ASSOCIE À UNE AUTRE SOCIÉTÉ ?
CE NE SONT QUE DES BRUITS DE COULOIR, N'EST-CE PAS ?
Oui.
J'AI ENTENDU ÇA À LA MACHINE À CAFÉ, CE MATIN...
MAIS...
J'AI AUSSI ENTENDU DIRE QUE M. BROOKS S'ÉTAIT ENTRETENU PLUSIEURS FOIS AVEC L&B.
GLOUPS
SI C'EST VRAI, ÇA SIGNIFIE QUE DES INFORMATIONS ONT FILTRÉ DE NOTRE CÔTÉ...
UN TRAÎTRE ?
ÇA ARRIVE AU MAUVAIS MOMENT.
ET LE PIRE, C'EST QUE LE PATRON N'EST PAS LÀ...
...
AU MAUVAIS MOMENT ?

POURQUOI MORRIS EST-IL REVENU PILE AU MOMENT OÙ M. HARRY S'EST ABSENTÉ ?
ALORS QU'IL N'A PAS DONNÉ DE NOUVELLES PENDANT SEPT ANS...
C'EST QUAND MÊME UNE DRÔLE DE COÏNCIDENCE.
NON...
QU'EST-CE QUE JE VAIS M'IMAGINER...
TILILI
CE N'EST PAS POSSIBLE.
...
TILILI
MORRIS N'EST PAS CE GENRE D'HOMME...
ALLÔ ?
M. CARL ?! C'EST TERRIBLE !

IL SEMBLE QUE VOTRE APPARTEMENT SE SOIT FAIT CAMBRIOLER !
HEIN ?
C'EST VOTRE VOISIN QUI NOUS A CONTACTÉS. IL S'EST INQUIÉTÉ EN VOYANT VOTRE PORTE OUVERTE. ALORS IL A REGARDÉ À L'INTÉRIEUR ET A VU QUE TOUT AVAIT ÉTÉ SACCAGÉ.
QUE DOIS-JE FAIRE ?! APPELER LA POLICE ?!
...
BOBOM
BOBOM
PATIENTEZ UN INSTANT ...
MORRIS ?
JE VEUX VÉRIFIER QUELQUE CHOSE ...
MORRIS
VITE ...
TU LU LU LU
JE NE PEUX M'EMPÊCHER D'IMAGINER LE PIRE.
TU LU LU LU
VITE ! DÉCROCHE, MORRIS !
MORRIS !
TU LU LU LU

?
J'AI TROIS APPELS EN ABSENCE DE CARL ?
Y A UNE URGENCE ?
IL VAUDRAIT QUAND MÊME MIEUX APPELER LA POLICE, NON ?
Qu'est-ce qui se passe ?
LA POLICE ?
MAIS ...
M. CARL A DEMANDÉ DE NE PAS LES CONTACTER ?
C'EST ÉTRANGE DE REFUSER D'APPELER LA POLICE APRÈS UN CAMBRIOLAGE.
HEIN ?!
IL CONNAÎT PEUT-ÊTRE LE COUPABLE ?

HÉ ! DITES-M'EN PLUS SUR CETTE HISTOIRE !
Oh, quel beau garçon !
QUEL IMBÉCILE ...
JE SUIS CONTENT QUE TU M'AIES CONTACTÉ.
TU ES TRÈS BEAU AUJOURD'HUI, COMME D'HABITUDE ...
UN ANGE TOMBÉ DU CIEL.
VOUS PLAISANTEZ ...

GLOUPS
CE N'EST PAS UNE BLAGUE.
AUJOURD'HUI, TU SEMBLES PARTICULIÈREMENT MÉLANCOLIQUE ET ÇA TE REND ENCORE PLUS BEAU ...
FFSH
...
NOUS SOMMES EN PUBLIC, MONSIEUR ...
JE M'EN FICHE.
SALE VICIEUX ...
BREF, TU SEMBLES PRÉOCCUPÉ. TU AS UN SOUCI ?
MORRIS...
OÙ AS-TU ENCORE DISPARU ? À MOINS QUE...
NON... CE N'EST PAS LE MOMENT DE PENSER À ÇA !
MONSIEUR BROOKS ...

EST-IL VRAI QUE VOUS DISCUTEZ DE COLLABORATION AVEC UNE AUTRE SOCIÉTÉ QUE LA NÔTRE ?
EFFECTIVEMENT...
EN CE MOMENT, UNE AUTRE COMPAGNIE ME FAIT LE MÊME GENRE DE PROPOSITIONS.
ELLE M'A PRÉSENTÉ AUJOURD'HUI DES CONDITIONS PLUS ATTRAYANTES QUE LES VÔTRES.
JE VOULAIS TE DEMANDER TON AVIS ENCORE UNE FOIS...
JE TROUVE ÇA TRÈS INTÉRESSANT, MAIS JE N'AI PAS DONNÉ MON ACCORD.
AUJOURD'HUI ?
MON AVIS ?
J'ATTENDAIS AVEC IMPATIENCE QUE TU ME CONTACTES...
FFSH
...

!
TU AS ÉTÉ REMARQUABLE, L'AUTRE SOIR.
TU VEUX BIEN ME REMÉMORER CE MOMENT ENCORE UNE FOIS ?
MON-SIEUR ...
"MAINTE-NANT, NE PENSE À PLUS RIEN D'AUTRE QUE MOI ! AU MOINS JUSQU'À QUE CETTE BLESSURE DISPA-RAISSE."
CE N'EST PAS LE MOMENT D'HÉSITER !!
SI CE PROJET ÉCHOUE, NOUS LOUPERONS L'OCCASION DE NOUS ÉTENDRE AU JAPON.
...
M. HARRY NE SOUHAITE PAS QUE ÇA ARRIVE !
ZWIP

ALORS ?
JUSQU'À PRÉSENT…
JE PENSAIS QUE CE N'ÉTAIT PAS SI IMPORTANT, MAIS…
"QUAND JE TE REGARDE, ÇA M'AT-TRISTE…"
CES MOTS QUE TU AS PRONONCÉS UNE FOIS…
MONSIEUR…
TAC
TU ME TRAITERAIS SÛREMENT D'IMBÉCILE, MORRIS…
CEPENDANT, JE…
J'ACCEPTE.
CARL…

TA BLESSURE N'A PAS ENCORE DISPARU !!
GRAB
!
MORRIS ...
QUI ÊTES-VOUS ?!

TAC
ON Y VA, CARL !
QU'EST-CE QUE TU RACONTES ?
On y va ?
LÂCHE-M...
JE NE TE LÂCHERAI PAS !
UNE SECONDE FOIS !
JE NE LÂCHERAI PAS CETTE MAIN...
MORRIS ?
ATTENDS, CARL !
MONSIEUR BROOKS.

GLOUPS
UN APPEL DE M. CHRISTOPHOROS.
MORRIS !
LÂCHE-MOI LA MAIN, À LA FIN !
PAF
TU ME FAIS MAL !
POURQUOI ...
ES-TU REVENU ?
TU AS DES EXPLICATIONS À ME DONNER, C'EST ÇA ?
TU PENSES VRAIMENT ...
QUE C'EST MOI L'AUTEUR DU CAMBRIOLAGE ?

QU'EST-CE QUE ÇA M'APPORTERAIT DE FAIRE ÇA ?
C'EST TOI QUI M'AS DIT D'ALLER ME FAIRE COUPER LES CHEVEUX ...
OH,
...
ALORS...
POURQUOI TU NE RÉPONDAIS PAS AU TÉLÉPHONE ?
TU NE ME FAIS PAS CONFIANCE À CE POINT ?
CONFIANCE ?
GWIP
EN QUOI VEUX-TU QUE J'AIE CONFIANCE ?
PENDANT SEPT ANS...
JE NE SAVAIS MÊME PAS CE QUE TU FAISAIS !
ET TU VOUDRAIS QUE JE TE FASSE CONFIANCE ALORS QUE TU RÉAPPARAIS SOUDAINEMENT SANS ME FOURNIR LA MOINDRE EXPLICATION ?!

EN EFFET ...
C'EST PLUTÔT ÉGOÏSTE ...
SI TU LE PENSES AUSSI, ALORS POURQUOI ...
QUOI ?
MON PÈRE EST MORT ...
CE FAMEUX JOUR, IL Y A SEPT ANS ...
APPAREMMENT, IL AVAIT TOUJOURS CACHÉ SON PROBLÈME DE SANTÉ ...
J'AVAIS LA FERME INTENTION DE RENTRER IMMÉDIATEMENT APRÈS L'ENTERREMENT ...
MAIS MA MÈRE NE VOULAIT PAS QUITTER LA FERME COUVERTE DE DETTES QUE MON PÈRE NOUS AVAIT LAISSÉE.
JE NE POUVAIS DÉCEMMENT PAS RENTRER EN LA LAISSANT SEULE ...
ALORS J'AVAIS DÉCIDÉ DE NE PAS T'EN PARLER.

TU AURAIS AU MOINS PU ME DONNER DE TES NOUVELLES !
C'ÉTAIT IMPOSSIBLE !
...
SI J'AVAIS ENTENDU TA VOIX, J'AURAIS EU ENVIE DE RENTRER.
J'AURAIS TOUT LAISSÉ TOMBER POUR TE RETROUVER.
SI ÇA AVAIT ÉTÉ POSSIBLE...
J'AURAIS VOULU QUE TU SOIS À MES CÔTÉS.
MAIS... TU NE PEUX PAS.
...

GLOUPS
TU NE PEUX PAS QUITTER HARRY.
J'AURAIS BEAU TE VOULOIR DE TOUTES MES FORCES ...
JAMAIS TU NE M'APPARTIENDRAS.
...
HARRY A TOUJOURS ÉTÉ TA PRIORITÉ.
C'EST ÉVIDENT.
JE...
UNE OMBRE NE SE SÉPARE JAMAIS DE SON MAÎTRE.
IL NE LUI EST PAS PERMIS DE LE QUITTER POUR CHOISIR QUELQU'UN D'AUTRE.

C'EST POUR ÇA QUE J'AI TOUJOURS ÉTOUFFÉ MES VRAIS SENTIMENTS !
JE VAIS T'ENLEVER À HARRY !
CARL ...
JE SUIS VENU T'ENLEVER.
...
C'EST ABSURDE ...

CES DERNIÈRES ANNÉES, J'AI TRAVAILLÉ D'ARRACHE-PIED...
POUR REMBOURSER LES DETTES DE LA FERME.
J'AI PARCOURU LE MONDE, APPRIS DES TECHNIQUES QUE J'IGNORAIS JUSQUE-LÀ ET J'AI MÊME PRATIQUÉ L'ÉLEVAGE SÉLECTIF.
PUIS, J'AI FINI PAR OBTENIR LE TITRE QUE JE POSSÈDE MAINTENANT...
CELUI DE PDG DE L&B COMPANY.
L&B ?
!
SACHE AUSSI QUE J'AI TOUJOURS ATTAQUÉ DE FRONT, SANS JAMAIS RECOURIR À DES MÉTHODES SALES ...
JE ME SUIS LANCÉ DANS L'HÔTELLERIE, MAIS JE N'EN TIRE AUCUN MÉRITE.

ALORS POURQUOI ?
JE TE L'AI DIT, NON ?
POUR QUE TU M'APPARTIENNES.
MÊME HARRY EST AU COURANT.
QUOI ?
JE NE SAIS VRAIMENT PAS CE QUE TU FAIS PAR DERRIÈRE, MAIS...
BRRRR
QU'EST-CE QUE ÇA SIGNIFIE ?
POUR HARRY, TE PERDRE SERAIT COMME PERDRE UN BRAS.
C'EST POURQUOI IL A DÉCIDÉ DE TE CONFIER CETTE AFFAIRE ET DE T'OPPOSER À MOI.
BOUM
IL NOUS A MIS À L'ÉPREUVE EN ÉCHANGE DE LA PERTE DE SON BRAS DROIT.
TAC

HIC
TU ME DÉTESTES, MAINTENANT QUE TU CONNAIS LA VÉRITÉ ?
TU... TU AS FAIT ÇA POUR ME FAIRE SOUFFRIR ?
ÇA VA PAS !
MA VIE ELLE-MÊME ÉTAIT MISE EN JEU.
GWIP
MÊME SI TU ME DÉTESTES ...
JE NE VOULAIS PLUS QUE TU CONTINUES À TE SACRIFIER POUR SOUTENIR HARRY.
TU NE TE SOUCIES QUE DE LUI ...
ET TU NE RÉALISES PAS À QUEL POINT TU FASCINES LES GENS.

COMME LE CAMBRIOLEUR QUI EST ENTRÉ CHEZ TOI ...
C'ÉTAIT TON VOISIN STALKER !
TU NE TE RENDS PAS COMPTE DU NOMBRE DE GENS QUI ONT ÉTÉ FRUSTRÉS DE NE PAS T'AVOIR ?
MORRIS ...
IL N'Y A BIEN QUE HARRY QUI N'AIT JAMAIS ÉTÉ ATTIRÉ PAR TOI !
JE ...
TU IGNORES À QUEL POINT J'AI REGRETTÉ DE NE PAS POUVOIR TE FAIRE MIEN ...
MALGRÉ TOUT L'AMOUR QUE JE TE PORTE !
JE N'EN PEUX PLUS DE CES REGRETS ...
ÇA SUFFIT, DIS-MOI CE QUE TU PENSES VRAIMENT !

!
JE T'AIME ...
CARL !
JE T'AIME !
JUSQU'À PRÉSENT ...
...
À QUEL POINT AVAIS-JE ÉTOUFFÉ CE SENTIMENT ?
TU VEUX SAVOIR CE QUE JE RESSENS ?
MORRIS ...

MOI AUSSI.
MOI AUSSI, JE T'AIME !
HAA...
CARL...

HUM.
WIK
BAM
...
HUM.
SLURP
SLURP
FROU
AH...
MORRIS ...
C'EST ÉTRANGE.
ALORS QUE SON CORPS A ÉTÉ COUCHÉ SUR MOI À PLUSIEURS REPRISES...
HAA
CROC

...
J'AI L'IMPRESSION D'ÊTRE POUR LA PREMIÈRE FOIS DANS LES BRAS...
DE CELUI QUE J'AIME PLUS QUE TOUT...
DE MON HOMME...
JE SUIS OBLIGÉ DE SIGNER ?

*Dis-moi que tu m'aimes - Fin*

Chambre spéciale
Récit en Grèce
Egoistic Blue
DIS ...
HARRY ...
DEPUIS QUE JE SUIS ARRIVÉ À FIRÁ ...
JE N'AI PAS MIS UN PIED EN DEHORS DE CET HÔTEL.
TU N'AS PAS BESOIN DE SORTIR.
ICI, ON PEUT PRENDRE NOTRE TEMPS, TOUS LES DEUX.
HYAA !

WIP
PAF
MAIS ...
TU PEUX LA VOIR D'ICI, LA MER.
JE SUIS VENU EXPRÈS EN GRÈCE... J'AIMERAIS AU MOINS VOIR LA MER.
J'AI FAIT PRÉPARER LA CHAMBRE DE MON HÔTEL QUI OFFRE LA PLUS BELLE VUE.
FFRSH
À MOINS QUE...
HUM
TU VEUILLES QU'ON S'AIME PASSIONNÉMENT SUR LA PLAGE ?
BLUSH
!
TU ES VRAIMENT ...
TU NE PENSES QU'À ÇA ?

C'EST QUE... MAIS...
JE ME SUIS ABSTENU PENDANT DEUX MOIS, TU SAIS ?
TU CROIS QUE DEUX JOURS VONT ME SUFFIRE ?
SMACK
ENCORE UN PETIT PEU.
UNE FOIS LES VACANCES TERMINÉES, ON NE POURRA PLUS SE VOIR PENDANT UN MOMENT.
LA SEMAINE VA FILER EN UN ÉCLAIR.
AH !
CE SERAIT DOMMAGE QUE LE TEMPS S'ÉCOULE SANS QU'ON EN PROFITE.
FRSSH

HARRY ...
HUM ...
JE T'AIME, CHIAKI.
JE VEUX AU MOINS PROFITER DU TEMPS OÙ ON PEUT ÊTRE ENSEMBLE ...
POUR NE FAIRE QU'UN AVEC TOI.

*Chambre spéciale : récit en Grèce - Fin*

Postface
ou l'histoire des parents-gâteaux
UNE NOUVELLE FAMILLE...
IL S'APPELLE SALT.
C'est qui, lui ?!
A DÉBARQUÉ CHEZ MOI.
KOMUGI
C'EST L'UN DES CINQ CHATONS MIS AU MONDE PAR UNE CHATTE ERRANTE QUI VENAIT SOUVENT SUR L'AUVENT DE LA MAISON D'UNE AMIE.
On peut porter les autres normalement.
MIIIIAAAOU
On va avoir du mal à lui trouver un maître...
CELUI-LÀ A VRAIMENT UNE ODEUR RÉPUGNANTE...
Hum.
CELUI-LÀ NE SENT PAS BON.
(Non !)
(Maman !)
Quoi ?
C'est quoi ?
LA PREMIÈRE IMPRESSION QUE J'AI EUE, QUAND JE L'AI VU UN MOIS APRÈS SA NAISSANCE, ÉTAIT CELLE D'UN TIMIDE PETIT PIAILLEUR.
MON AMIE PANKO. (NOUS SOMMES ALLÉES LES VOIR ENSEMBLE).
POUET
IL A TOUT L'AIR D'UN CHARLATAN.
C'est celui qui se fait avoir qui est fautif !
PARMI LES CINQ CHATONS, C'EST UN GLOUTON COQUIN ET ESPIÈGLE QUI NE FAIT QUE RÉCLAMER.
IL MANGE MÊME LA NOURRITURE DE KOMUGI ET IMITE TOUS SES MAUVAIS CÔTÉS.
ELLE, C'EST LA DOMESTIQUE À MON SERVICE.
ELLE RESTE ASSISE TOUS LES JOURS DEVANT SON BUREAU À NE RIEN FAIRE. VA L'EMBÊTER.
Yes, sir ! Frérot !
EN CE MOMENT, ILS ONT PEUT-ÊTRE CETTE DISCUSSION...
GRRR
VOILÀ SALT, QUI EST ARRIVÉ PENDANT QUE JE DESSINAIS CE VOLUME.
J'ESPÈRE QU'IL SERA DEVENU UN CHAT BEAU GOSSE LORSQUE NOUS NOUS REVERRONS DANS LE PROCHAIN RECUEIL.
VOUS POUVEZ ME TOUCHER, MAIS ÇA COÛTE CHER.
REMERCIEMENTS SPÉCIAUX À NITA, FUJIMOTO, FUJII, LE RESPONSABLE M. N. ET À TOUS CEUX QUI ONT PARTICIPÉ.

Egoistic Blue

Dessin
Tohru Kousaka
Scénario
Hitoyo Shinozaki
JOKER IN THE PACK.
NO SECRETS
HENSHIN DEKINAI
ONE-SHOT DISPONIBLE
LE 19/12/2012 !

Crimson Spell
Ayano Yamane
© 2005 AYANO YAMANE / TOKUMA SHOTEN
CRIMSON SPELL
TOME 3 DISPONIBLE
LE 19/12/2012 !

junjo
Romantica
Shungiku Nakamura

IN HIS
EYES
RIN NARUSAKA
COLLECTION
MAGAZINE
BE×BOY
DISPONIBLE EN VOLUME RELIÉ
LE 01/02/2013 !
C'EST UN
ONE-SHOT !

# Egoistic Blue



This edition originally published in Japan in 2012
French translation rights arranged
with Libre Publishing Co.,Ltd.Tokyo
through TOHAN CORPORATION, Tokyo.

Libre

Édition française
ASUKA
45 rue de Tocqueville 75017 Paris
www.kaze-manga.fr

**DIRECTEUR ÉDITORIAL**
Raphaël Pennes
**TRADUIT DU JAPONAIS PAR**
Claire Olivier
**SUPERVISION ÉDITORIALE**
Yumena Miyanaga

**LETTRAGE ET MAQUETTE**
Digital Manga
**SUPERVISÉ PAR**
Saloua Okbani

**DIRECTION ARTISTIQUE**
Sébastien Rost
**DESIGN**
Jérémy Lézé
**RESPONSABLE DE FABRICATION**
Julie Baudry

Achevé d'imprimer en CE en Novembre 2012
Dépôt légal : Décembre 2012